THE BOY AT THE TOP
OF THE MOUNTAIN

山顶上的男孩

JOHN BOYNE

[爱尔兰]约翰·伯恩 著

袁琳 译

北京联合出版公司
Beijing United Publishing Co.,Ltd.

图书在版编目（ＣＩＰ）数据

山顶上的男孩 /（爱尔兰）约翰·伯恩著；袁琳译.
—北京：北京联合出版公司，2017.2（2023.3 重印）
ISBN 978-7-5502-9046-4

Ⅰ.①山… Ⅱ.①约… ②袁… Ⅲ.①长篇小说－爱
尔兰－现代 Ⅳ.① I562.45

中国版本图书馆 CIP 数据核字 (2016) 第 267938 号

北京市版权局著作合同登记号：图字01－2016－3569

THE BOY AT THE TOP OF THE MOUNTAIN
Copyright©John Boyne, 2015
This edition arranged with William Morris Endeavor Entertainment, LLC.
through Andrew Nurnberg Associates International Limited
Simplified Chinese edition copyright©
China Pioneer Publishing Technology Co., Ltd

山顶上的男孩

作　　者：[爱尔兰] 约翰·伯恩
译　　者：袁　琳
出 品 人：赵红仕
责任编辑：管　文
封面设计：吴黛君

北京联合出版公司出版
（北京市西城区德外大街83号楼9层 100088）
北京新华先锋出版科技有限公司发行
涿州汇美亿浓印刷有限公司印刷　新华书店经销
字数134千字　620毫米×889毫米　1/16　13印张
2017年2月第1版　2023年3月第2次印刷
ISBN　978-7-5502-9046-4
定价：49.00元

献给我的侄子 —— 马丁和凯文

Contents / 目录

一

The

Boy

at

the

Top

of

16

15

the

Mountain

14

13   山

12   顶

11   上

10   的

9   那

8   个

1936   孩

7   *years*   *old*   子

第一部分

他发现，沉浸在一个不属于自己的世界里，是一种惬意的解脱。

手帕上的三点血渍 ①

　　皮埃罗·费舍尔的父亲并没有在第一次世界大战中死去,但他的母亲埃米莉却坚信,就是这场战争夺走了丈夫的生命。

　　皮埃罗才7岁,在巴黎,像他这样的单亲孩子还有很多。学校里,那个坐在皮埃罗前排的男孩,他已经有4年没见过母亲了,他的母亲和一个百科全书的销售员私奔了;那个住在祖父母烟草店里的浑小子,在学校他总是嘲笑皮埃罗个子小,还管他叫"小皮皮"。烟草店位于皮凯德拉莫特大街,浑小子的房间在二楼。他总是朝楼下的行人扔水球,但事后,他又拒不承认。

　　皮埃罗的家,在查尔斯弗洛凯大街附近的一套公寓里。楼下住着他最好的朋友安歇尔·布朗斯坦和他的母亲布朗斯坦太太。而安歇尔的父亲,两年前曾试图游过英吉利海峡,却不幸溺亡了。

　　皮埃罗和安歇尔的年纪相仿,他们的生日只相差几周时间。他们一起长大,亲如兄弟。当一位妈妈小憩时,另一位妈妈就负责照顾这两位宝贝。不过,不同于其他兄弟,他们从不吵架。因为安歇

尔先天失聪，所以兄弟俩很早就能用手语轻松交流。无须张口，只
用灵巧的手指就能表达一切。他们甚至还为对方创造出了特别的手
势代号。安歇尔比画出狗来代表皮埃罗，因为他认为自己的这位朋
友就像狗一样善良、忠诚。皮埃罗比画出狐狸来代表安歇尔，因为
大家都说安歇尔是班上最聪明的男孩。当他们使用这些昵称时，他
们的手势是这样的：

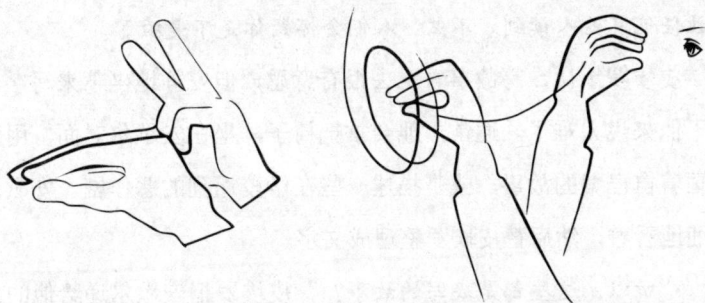

大部分时间，他们都待在一起。一起在战神广场上踢足球，一
起看书。他们亲密无间，安歇尔只让皮埃罗读他半夜在卧室写的故
事。连布朗斯坦太太都不知道，她的儿子想成为一名作家。

"这部分写得不错。[1]"皮埃罗把一小沓纸递还给安歇尔，然
后用手指在空气中比画着说，"我喜欢写马的部分，还有在棺木中
发现黄金的部分。但这部分写得不太好。"他将另一叠纸递给安歇

---

[1] 英文原稿为斜体，表示手语对话、心理活动或特殊强调。为与原稿作者表意
一致，译文用楷体表示。——译者注

尔，继续比画着，"不过主要是因为你的字太潦草了，有的地方我没看懂……还有这个，"他一边挥动着剩下的三分之一的纸——像在游行似的———一边补充道，"这部分写得毫无逻辑。我要是你，就会把它扔进垃圾桶。"

"这只是一次尝试。"安歇尔比画道。他并不介意这样的批评，但有时也会为不太讨朋友喜欢的故事辩护。

"不。"皮埃罗摇了摇头，比画道，"这部分杂乱无序，你不要让任何其他人读到。不然，人们会怀疑你是不是疯了。"

皮埃罗承认，写故事看上去很有意思，但安静地坐下来写字，对于他来说太难了。通常，他会拿把椅子，坐在安歇尔对面，用手比画着自己编的故事，或是描述一些在学校遇到的恶作剧。安歇尔仔细地看着，然后替皮埃罗整理成文字。

"所以，这些都是我写的故事？"皮埃罗把安歇尔递给他的成稿读了一遍，然后问道。

"不，这是我写的。"安歇尔摇摇头，"但这是你的故事。"

母亲埃米莉很少提起皮埃罗的父亲，但皮埃罗对父亲的思念却从未停止过。三年前，这个叫威廉·费舍尔的男人还一直和妻儿生活在一起。1933年春天，皮埃罗刚过完4周岁生日。那年夏天，父亲却离开了巴黎。皮埃罗记得父亲个子很高。他曾坐在父亲宽厚的肩膀上穿越大街小巷。父亲会模仿马的嘶鸣声，或突然加速，吓得皮埃罗一边大笑、一边惊叫。他教皮埃罗学德语，以此提醒儿子不要忘本。他还尽其所能地教皮埃罗用钢琴弹唱简单的歌曲。皮埃罗知道，自己永远也不可能达到父亲那样的成就——父亲演奏的民谣常常会让听众们泪流满面，特别是当他用亦柔亦刚的嗓音吟唱过往的憾事时。皮埃罗的音乐才华并不突出，好在他极具语言天赋，天赋弥补了缺憾：他可以自如地切换不同的语言，和父亲说德语，和母亲说法语。他在派对上的拿手好戏就是用德语唱《马赛曲》，然后用法语唱《德意志之歌》。不过，这样的小伎俩有时会惹得宾客们不高兴。

"别再这样做了，皮埃罗。"一天晚上，母亲对他说。某一天晚上，因为他的表演，邻里之间发生了点儿争执。"如果你想炫耀，就去学些别的把戏，杂耍、魔术、倒立。除了用德语唱歌，其他通通都可以。"

"用德语到底怎么了？"皮埃罗问。

"埃米莉，孩子说得没错。"父亲躺在角落的沙发上说。他已经喝了一晚上红酒。酒能让他从困扰已久的烦恼中解脱。"用德语到底怎么了？"

"威廉，你还想怎样？"她面对他，双手叉着腰。

"我还想怎样？难道要我一直容忍你的那些朋友侮辱我的国家吗？"

"他们没有侮辱你的国家。"她回答，"只是，这场战争的伤疤实在是太难抹去了。尤其是对于那些在战乱中失去至亲至爱的人来说。"

"但他们从不介意来我家做客，吃我家的东西，喝我家的红酒。"

等母亲回到厨房，父亲才把皮埃罗叫到身边，他用手抱着他的腰。"总有一天我们会拿回属于自己的东西。"他直视着面前这个男孩说，"如果我们行动了，别忘了你的立场。即便你生在法国，长在巴黎，但你仍是个彻头彻尾的德国人。就和我一样。你必须牢记，皮埃罗。"

父亲有时会在半夜醒来。他的尖叫声回荡在公寓漆黑、空荡的走廊上。皮埃罗的小狗——达达尼昂，会被吓得从篮子里跳起，飞快地钻进主人的被窝里，在被单下瑟瑟发抖。男孩向上拉了拉被单，盖住自己的下巴。透过那面薄墙，他听见母亲在低声安抚着父亲，对他说现在在家呢，一切安好，有家人相伴。刚刚的一切，不过是噩梦罢了。

"不，那不是梦。"他曾听见父亲这样回答道。父亲的声音颤抖着，夹带着一丝痛苦。"那是我的记忆。这比噩梦更糟糕。"

夜里，皮埃罗会醒来上厕所。有时，他会发现父亲坐在餐桌前，脑袋瘫软，趴在木质桌子上，好像对着身旁的空酒瓶在自言自语。无论几点了，男孩都会光着脚跑下楼，将空酒瓶扔到庭院的垃圾桶里。这样，第二天早上，母亲就不会察觉到了。通常，当他回去时，父亲已经起身了，不知怎么地回到了自己的床上。

第二天，对于前一天夜里发生的事，父子俩都绝口不提。

有一次，皮埃罗正准备执行这项深夜任务，却在湿漉的楼梯上滑倒了。他没有摔伤，手里握着的空酒瓶却摔碎了。当他站起时，一片玻璃扎进了他的左脚掌里。他咬着牙把玻璃碎片拔了出来。那瞬间，一大股血从伤口里涌了出来。当他一瘸一拐地回到公寓去寻找绷带，父亲清醒了。他知道自己必须为此负责。他给伤口消毒、包扎，然后让男孩坐下，并为自己醉酒的事情道歉。他擦了擦眼泪，告诉皮埃罗自己很爱他，并且保证自己再也不会做任何可能伤害儿子的事了。

"爸爸，我也爱你。"皮埃罗说，"不过我最爱的，是那个把我背在肩上、假装自己是一匹马的爸爸。但我不喜欢那个坐在沙发上、不和妈妈说话的爸爸。"

"我也不喜欢。"父亲静静地说，"但有时我无法驱散笼罩在心头的阴霾，所以我才会喝酒。酒能帮我忘掉烦恼。"

"忘掉什么烦恼？"

"战争。那些我所见的，"他闭上眼，仿佛耳语一般，"还有我所做的事。"

皮埃罗咽了咽口水，小心翼翼地问："你做了什么？"

父亲朝他微微笑了笑，带着哀伤。"不管我做了什么，都是为了我的祖国。"他说，"你能理解的，对吧？"

"是的，爸爸。"皮埃罗说。虽然他并不太懂父亲的言外之意，但这听起来十分英勇。"我也要成为一名士兵，如果这能让你感到骄傲。"

父亲看着儿子，把一只手搭在他肩上："只要你确定自己是正义的一方就好。"

此后的几周，父亲说戒酒就戒酒了，但很快又故态复萌了。当父亲口中的"阴霾"再次来袭，他又开始酗酒了。

父亲在附近一家餐馆当服务生，工作时间是上午 10 点到下午 3 点，下午 6 点还去一次，因为餐馆还有晚餐服务。有一次，父亲怒气冲冲地回了家。他说，今天有个"若弗尔爸爸"来餐馆吃午饭，就坐在他服务的区域，但他拒绝为这个人服务。老板亚伯拉罕斯先生就说：如果他不为这个人服务，就马上回家，别再回来。

"若弗尔爸爸是谁？"皮埃罗问，他从来没有听过这个名字。

"他是那场战争中的一位大将军。"妈妈一边说，一边从篮子里抱起一堆衣服，放在她身旁的熨衣板上。"他是我们的英雄。"

"是'你们'的英雄。"爸爸说。

"别忘了，你娶了一个法国女人。"妈妈转过头来，满脸怒容。

"因为我爱她。"爸爸道，"皮埃罗，我有没有和你说过第一次见到你妈妈的故事？那是大战结束后的几年。一次午休，我按照约定去看妹妹碧翠丝。我到了她工作的百货商场，看到她正在和一位新来的服务生说话。那是个害羞的女孩，刚工作不到一周。我看了她一眼，就立刻确定，这就是我想娶的女孩。"

皮埃罗笑了，他喜欢父亲说这样的故事。

"我张了张嘴，但说不出任何话来。我的大脑好像休眠了一样。我只能呆站在那儿，静静地注视着她。"

"你爸爸今天怪怪的。"回忆起往事，母亲也笑了。

"碧翠丝只好把我推醒。"爸爸一边嘲笑着自己当年的愚笨，一边说道。

"要不是碧翠丝，我一定不会答应和你约会的。"母亲补充说，"她劝我试试，还说你只是看起来傻。"

"为什么我从来没见过碧翠丝姑妈？"皮埃罗问。这些年来，他会偶尔听到碧翠丝姑妈的名字，但从来没见过她。她从未登门拜访，也从未给家里写过信。

这时，父亲脸上的笑容散去了。

"因为我们不去见她。"他严肃地说。

"为什么不去？"

"别问了，皮埃罗。"他说。

"听爸爸的话，别再问了，皮埃罗。"母亲重复道。她的神色也变得凝重起来。"那就是我们之所以躲在这间屋子的原因。我们把我们所爱之人推开，我们对关键的问题避而不谈，还有，我们拒绝了所有人的帮助。"

就这样，原本一场愉快的对话不了了之。

"他像猪一样能吃。"几分钟后，父亲开口说。他蹲下身来，注视着皮埃罗，双手握拳。"我是说那个霞飞爸爸。他自顾自地啃着玉米棒时，就像一只老鼠。"

父亲开始日复一日地抱怨工资太低，抱怨亚伯拉罕斯夫妇总用居高临下的口吻差遣他，还抱怨巴黎人给的小费越来越少。"这就是为什么我们一直没钱。"他抱怨道，"他们都太吝啬了。尤其是那些犹太人，给的小费最少，却又总是来吃饭，说什么亚伯拉罕斯夫人做的鱼冻饼和土豆饼是全西欧最好吃的。"

"安歇尔就是犹太人。"皮埃罗静静地说。他经常看到安歇尔和他的母亲一起去教堂。

"安歇尔是好人。"爸爸低声说，"每一筐好苹果里都有一个烂苹果，反之亦然——"

"我们没钱，"母亲打断他，"是因为你把钱都花在了喝酒上。还有，你不应该这么说我们的邻居。还记得——"

"你以为这是我买的？"父亲问。他捡起一瓶酒，把标签转向她——这是餐厅的招牌酒。"你妈妈有时真是太天真了。"他用德语对皮埃罗补充了一句。

尽管如此，皮埃罗还是很喜欢和父亲相处的时光。父亲每个月都会带他去一次杜伊勒里公园。道路两旁有各式各样的花草树木，父亲总能说出它们的名字，并解释它们的季节变化。父亲告诉他，自己的父母都是狂热的园艺家。他们热爱和土地有关的一切。"但毫无疑问，他们到最后一无所有。"他补充说，"他们的农场被人夺走了，所有的劳动成果都被毁了。他们从此一蹶不振。"

回家的路上，父亲会在街边小摊上买两份冰激凌。当皮埃罗手里的那份掉到地上时，他会把自己的那份给儿子。

每当家里发生争吵时，皮埃罗就会努力回想这些往事。然而几周后，在家里的前门廊爆发了一次争吵。有一些邻居讨论起了政治——不过，这次不是那群反对皮埃罗用德语唱《马赛曲》的邻居。他们激烈地讨论着，声音越来越大。一些旧账被翻了出来。邻居们离开后，皮埃罗的父母却陷入了激烈的争吵。

"如果你再这样喝下去，"母亲哭喊道，"酒精会让你说出更糟糕的话！你不知道自己是多么让人失望吗？"

"我只是想借酒消愁罢了！"父亲大吼道，"对于我见到的事，你一无所知，当然也不会理解那些画面在脑海中挥之不去的感受！"

"但那是很久以前的事情了。"母亲边说，边走近父亲。她挽起男人的手，说道："威廉，我知道这些事情让你很痛苦，但也许是因为你从来不肯理智地谈论它们。如果你愿意和我分享这些痛苦，说不定……"

埃米莉没能把话说完，因为威廉做了一件非常糟糕的事（他打了母亲）。父亲第一次这样做，是在几个月前，虽然事后，他发誓绝不再犯，但他屡次违背诺言。埃米莉十分沮丧，但她总能找到理由原谅丈夫的行为，当她发现儿子在卧室里目睹了刚才所发生的一切后大哭起来，她装出若无其事的样子。

"你不能怪他。"母亲说。

"但他伤害了你。"皮埃罗说，他抬起头，泪眼汪汪地看着母亲。趴在床上的达达尼昂看了一眼皮埃罗，又看了一眼母亲。它跳下床，用鼻子在皮埃罗的身边蹭了蹭。每当皮埃罗心情不好时，这只小狗总是能马上察觉到。

"他生病了。"埃米莉用手抚着脸说，"我们爱的人生病了，我们应该帮助他，让他尽快好起来。但前提是他愿意接受我们的帮助……但如果他不愿意……"她深吸了一口气，然后说，"皮埃罗，我们搬走好不好？"

"我们三个人吗？"

她摇了摇头，说："不，只有你和我。"

"那爸爸怎么办？"

母亲叹了口气。皮埃罗看到泪水在她的眼眶里打转。

"我不知道，"她说，"我只知道，这日子过不下去了。"

皮埃罗最后一次见父亲，是在五月一个温煦的清晨。那时，他刚过完4岁生日。厨房里到处都是被扔得乱七八糟的空酒瓶。父亲一边用手捶着头，一边大喊着"他们在那儿！他们全都在那儿！他们来找我复仇了！"之类的话。皮埃罗不知道这些话究竟是什么意思。父亲从碗柜里拿出盘子、杯子和碗，将它们摔了个粉碎。母亲用双臂拦住他，并恳求他，试图让他冷静下来。但他扇了她一耳光，嘴里喊着些不堪入耳的话。皮埃罗捂着耳朵，和达达尼昂一起跑进了房间，藏在了衣柜里。皮埃罗全身颤抖，强忍着泪水，因为他知道达达尼昂不想看到他有一点儿不开心。小狗呜咽着、蜷缩着躲进了男孩的怀里。

皮埃罗在衣柜里躲了好几个小时，直到一切归于平静。当他从衣柜里出来时，父亲已经不见了。母亲一动不动地躺在地上。她的脸上有些瘀青，还有些血迹。达达尼昂小心翼翼地走过去，低下头舔着她的耳朵，试图叫醒她。

皮埃罗难以置信地看着眼前的景象，他鼓起所有勇气跑到楼下安歇尔家。他说不出任何话，只是一直指着楼梯。布朗斯坦太太透过天花板已经听见了楼上的动静，但她不敢妄加干涉。皮埃罗一来，她立马三步并作两步冲上了楼。

皮埃罗和安歇尔面面相觑。一个说不出，一个听不见。皮埃罗发现身后有一沓纸。他走过去，坐下来，开始阅读安歇尔的新作品。他发现，沉浸在一个不属于自己的世界里，是一种惬意的解脱。

接下来的几周，父亲杳无音信。皮埃罗既渴望、又害怕父亲回家。直到一天早晨，父亲的死讯传来。据说，他扑倒在一趟从慕尼黑开往彭茨贝格的火车下，自杀了。彭茨贝格是父亲出生并长大的地方。听到这个消息，皮埃罗回到房里，锁上门，看着正在床上打盹儿的小狗，异常平静地说道：

"爸爸正在天上看着我们呢，达达尼昂。"他说，"总有一天，我会让他以我为荣。"

后来，亚伯拉罕斯夫妇给埃米莉提供了一份餐厅侍者的工作。在布朗斯坦太太看来，这份工作并不体面——这不过是让埃米莉接替亡夫生前的工作而已。但埃米莉知道，她和皮埃罗都需要钱，于是她满怀感激地接受了这份工作。

皮埃罗放学回家会经过那家餐馆。每天下午，当店员们来来回回地忙碌时，皮埃罗就待在楼梯下的小屋子里画画和读书。休息时，店员们会谈论遇到的顾客，有时也会跟皮埃罗开玩笑。而亚伯拉罕斯太太总是会给他端上一碟当天的特色套餐，以及一小碗冰激凌。

就这样，三年过去了。从4岁到7岁，每天下午，当母亲在楼上忙活时，皮埃罗就坐在那间小屋子里。虽然他从未提过父亲，但他每天都会想象父亲站在那儿的情景：早晨换上工作服；收工时清点小费。

多年以来，皮埃罗每当回忆起自己的童年，都不免思绪万千。父亲的离开让人悲伤，但他和母亲相依为命的日子充满了幸福。他还有许多朋友，而且上了一所令人满意的学校。巴黎一片欣欣向荣，街道上人来人往、充满活力。

1936年埃米莉生日，本该是高兴的一天。但那天却成了一场悲剧的开始。那天晚上，布朗斯坦太太和安歇尔端着一个小蛋糕，上楼为埃米莉庆祝生日。当皮埃罗和他的朋友大口啃着第二块蛋糕时，母亲相当反常地咳嗽起来。起初，皮埃罗以为母亲只是噎着了，但咳嗽持续了很久，直到她喝了布朗斯坦太太递过来的水，咳嗽才渐渐停止。她逐渐缓过来了，但她的眼睛布满了血丝。她用手按着胸口，似乎正受疼痛折磨着。

"我没事。"她的呼吸开始平复，"就是着凉了，没什么大碍。"

"但是，亲爱的……"

布朗斯坦太太的脸色很苍白，她指着埃米莉攥在手上的那块手帕。皮埃罗瞥了一眼，当他看到手帕上的三点小小的血渍时，大吃了一惊。母亲也盯着血渍看了一会儿，然后把手帕揉成一团，塞进了口袋。她将双手放在椅子上，小心翼翼地站起身来，将了将裙子，勉强笑了笑。

"埃米莉，你真的没事吗？"布朗斯坦太太也站起来。

皮埃罗的母亲迅速点了点头。"真的没事。"她说，"也许只是喉咙感染了。我现在有些累，也许我该去睡觉了。谢谢你们为我准备的蛋糕，你们想得太周到了。但是，能不能请你和安歇尔……"

"没问题，没问题。"布朗斯坦太太回答道。她轻轻地拍着自己儿子的肩膀，着急地准备离开。皮埃罗从未见过布朗斯坦太太着急成这样。"如果你们有什么需要，就踩几下地板，我立刻就上来。"

母亲那晚没再咳嗽，之后的几天也是如此。但后来，在餐厅工作时，她却突然晕倒了。她被送到楼下，当时皮埃罗正在和其他服务员下着象棋。这一次，她面色惨白，手帕上全是血，汗珠不停地从她的脸上滑落。蒂博医生赶到了，见状立即叫来了一辆救护车。在接下来的一个小时里,她躺在巴黎主宫医院的病床上,接受医生的仔细检查。主治医生们窃窃私语。他们压低音量,语气间充满焦虑。

那晚,皮埃罗住在布朗斯坦家。他和安歇尔分头睡,达达尼昂则趴在地上打起鼾来。他非常害怕。他本可以向朋友倾诉今天发生的一切。但在黑漆漆的夜里,他的手语再好也无济于事。

接下来的一周,他每天都去探望母亲。母亲的呼吸似乎一天比一天困难。那个周日下午,只有皮埃罗一人守在她的病床前。她的气息越来越弱,最终完全停止。她原本紧握着皮埃罗的手渐渐松开,然后头滑向一侧。她的双眼是睁开的,但皮埃罗知道,她走了。

皮埃罗镇定地坐了几分钟,然后,静静地将病床旁的窗帘拉上。他再一次坐回床边,握着母亲的手,不愿离开。

最后,一位年长的护士来了,她看着已经离开的埃米莉,告诉皮埃罗,她需要将埃米莉移送到另一个地方,在那里为她准备安葬。

皮埃罗忍不住大哭起来。他以为妈妈永远不会离开的,他紧紧地抱住母亲的遗体。护士试着安慰他。过了许久,他才冷静下来,但他心如刀绞。他从未经历过这样的伤痛。

"我想让她带着这个一起走。"说着,他从口袋里取出一张父亲的照片,放在母亲的身旁。

年长的护士点点头,她保证会让这张照片一直留在埃米莉身边。

"你还有其他家人吗?我帮你把他们叫来。"她说。

"没了。"皮埃罗摇摇头。他不敢抬起头看她,生怕会从她眼里看到怜悯或淡漠。"没了。他们都不在了,我没有家了。现在只有我一个人孤零零地活在这世界上了。"

橱柜里的勋章 ①

西蒙妮·杜兰德和阿黛勒·杜兰德只相差一岁，都未婚，还彼此看不惯。然而姐妹俩却有着天壤之别。

姐姐西蒙妮，个子高得惊人，甚至能俯视大部分男性。她皮肤黝黑，有着深褐色的双眸。她的身体里藏着一个艺术家的灵魂，最喜欢的事情莫过于沉醉于音乐之中，一连弹上好几个小时的钢琴。阿黛勒却截然不同。她身材矮小，却总是穿着一双平底鞋。她面色枯黄，走路一摇一摆，像极了一只鸭子。她十分活跃，是两姐妹中的社交能手，但却没有任何音乐细胞。

姐妹俩在一所巨大的公寓里长大。这所公寓距离巴黎南部的城市——奥尔良 8 英里 [1]。说起这座城市，人们便会想起圣女贞德。五百年前，她曾解了奥尔良之围。小时候，姐妹俩总觉得自己出生于法国最大的家族。因为，公寓里住了近五十个孩子。最小的才出

---

[1] 1 英里约为 1.61 千米。

生几周，最大的有 17 岁了。他们住在第三层到第五层的宿舍里。有的孩子友好和善；有的暴躁易怒；有的性情羞涩；有的横行霸道。但他们有一个共同点：都是孤儿。无论是他们睡前聊天儿的声音，还是清晨跑动的声音，抑或他们在冰凉的大理石地板上赤脚小跑而发出的尖叫声，即使是在一楼的家庭宿舍，都能听得一清二楚。西蒙妮与阿黛勒和他们同住一个屋檐下，但她们却莫名觉得难以融入这一群体。直到姐妹俩长大后，她们才真正明白这种感受。

杜兰德夫妇是姐妹俩的亲生父母。他们在婚后建立并经营了这所孤儿院，他们一直坚持严格的孤儿接纳政策。夫妇俩去世后，姐妹俩便接管了孤儿院。她们无私地照料着这些被遗弃在人间的孩子。不仅如此，她们还一改往日严苛的政策。

"我们十分愿意接纳那些没人照料的孩子，"她们宣称，"无论肤色、种族和信仰。"

出乎意料的是：西蒙妮和阿黛勒几乎形影不离。她们每天会一起在庭院里散步，检查花坛的情况，并给园丁一些指导。除了外貌，姐妹俩的明显差异在于：从白天醒来到夜晚入眠，阿黛勒似乎总是滔滔不绝；但西蒙妮却寡言少语。即便张口，也只是吐出寥寥几个字，好像她的每一次呼吸都会消耗能量，都珍贵得不能浪费一样。

在母亲去世近一个月后，皮埃罗见到了杜兰德姐妹。他穿上自己最好的衣服，戴着新围巾——那是布朗斯坦太太前一天下午在拉菲德百货买给他的临别礼物。他要在奥斯特里茨车站搭乘离开的火车。布朗斯坦太太、安歇尔和达达尼昂都来为他送别。皮埃罗每迈出一步，心情就低落一分。他还没有走出妈妈离世带来的痛苦。那时的他既害怕又孤单，他多希望自己还有达达尼昂能与他最好的朋友住在一起啊！其实，葬礼结束后的几个星期里，他一直住在安歇尔家。安息日那天，安歇尔和布朗斯坦太太要去教堂，他请求与他们一同前往。但布朗斯坦太太说，他最好别去，他可以带着达达尼昂到战神广场逛逛。日子就这样一天天过去了。一天下午，布朗斯坦太太带一位朋友来家中做客。皮埃罗无意中听到了那位客人说：她有一位表亲，最近领养了一个异教徒的孩子，那个孩子很快就融入了大家庭。

"问题不在于他是异教徒，鲁思。"布朗斯坦太太说，"问题是，我实在没有能力抚养他。你也知道，我并不富裕，李维留给我的并不多。噢，表面上我过得还不错，我也努力过生活，但寡妇的日子并不好过。而且，我必须为安歇尔着想。"

"当然你应该先照顾好自己。"那位女士说，"但就没有别人能……"

"我试过了，相信我，我和我能想到的所有人都谈过了。那你意下……"

"恐怕不行，真对不起。我最近日子也不好过。再说，犹太人在巴黎的日子越来越艰难了，不是吗？最好把这男孩送给和他家庭背景相似的人家。"

"也许你说得对。对不起，我不该问的。"

"你当然应该问。你是在尽力为那个男孩着想。这就是你呀！这就是'我们'呀！事已至此，你打算什么时候告诉他？"

"今晚吧。虽然有些难以启齿。"

皮埃罗回到安歇尔的房间。他用字典查了查"异教徒"这个词，思考了好一会儿之后，才明白刚刚那段对话的真正含义。他坐在那儿许久，两手来回抛掷安歇尔挂在椅子后面的那顶圆顶小帽。布朗斯坦太太来房间和他说话时，这顶圆顶小帽正戴在他的头上。

"快摘下来！"布朗斯坦太太厉声说道。她走上前，一把扯下那顶帽子，把它放回原位。这是他生平第一次被布朗斯坦太太厉声斥责。"以后不许再玩这样的东西。它不是玩具，它很神圣的。"

皮埃罗一言不发，他感到既尴尬又不安。他不能去教堂，不能戴他最好朋友的帽子。很显然，他在这儿并不受欢迎。当布朗斯坦太太告诉皮埃罗她要送他去孤儿院时，他一点儿也不意外。

"对不起，皮埃罗。"布朗斯坦太太向皮埃罗解释完一切以后说，"但这家孤儿院的声誉不错。我相信你会喜欢那儿的。也许不久后，你就会被一户好人家收养。"

"那达达尼昂怎么办？"皮埃罗低头看了看这只还在地上酣睡的小狗。

"我们可以照顾他。"布朗斯坦太太说，"他喜欢骨头，对吗？"

"他爱吃骨头。"

"好的，多亏了亚伯拉罕斯先生。他说他每天都会免费给我一些骨头，因为他和他的妻子非常欣赏你的母亲。"

皮埃罗继续沉默着。他知道假如命运相反，妈妈一定会收留安歇尔。无论布朗斯坦太太如何解释，这件事一定与他是异教徒的事实有关。现在，他只是害怕独自一人生活。他感到很悲伤，安歇尔和达达尼昂还可以相互依靠，但他却是一个人。

离别的那个上午，皮埃罗比画着。但愿我不会把它忘了。当时，布朗斯坦太太正在给他买单程票，而他和安歇尔在候车厅等着。

你刚刚说你希望自己不会变成一只老鹰。安歇尔一边大笑着，一边重复着刚刚皮埃罗比画的手势。

看见了吧？皮埃罗比画道。我真的有些忘了。他多么希望自己能够娴熟且准确无误地比画出每一句话。

不，你没忘。你只是还在学习中，仅此而已。

你的手语比我的好多了。

安歇尔笑了。我别无选择。

蒸汽从火车烟箱的阀门中翻滚而出的声音传来，列车员刺耳的哨声接连响起。皮埃罗转过身来，那一声声急促的离别召唤让他焦虑得有些反胃。当然，对于这段旅程，他同时有些兴奋，因为此前他从来没有坐过火车。但他又希望这段旅程永远不要结束，因为他害怕在旅途终点等待他的那个未知的世界。

我们可以写信，安歇尔。皮埃罗比画道，我们一定不能失去联系。

每周都要通信。

皮埃罗用手势比画出狐狸，安歇尔比画出狗。他们一直保持着这两个手势，想以此作为友谊长存的象征。皮埃罗快要离开时，他们本想给彼此一个拥抱，但周围人很多，他们有些难为情。于是，他们用握手替代了拥抱。

"再见，皮埃罗。"布朗斯坦太太说。她低下头，亲了亲皮埃罗。但轰鸣的火车和喧闹的人群使得皮埃罗几乎听不见她说的话。

"因为我不是犹太人，对吗？"皮埃罗注视着她说。"你不喜欢异教徒，也不喜欢和异教徒住在一起。"

"你说什么？"她绷直了身子，诧异地问道，"皮埃罗，你为什么会这么想？我从没那么想过！不管怎么说，你是一个聪明的孩子。看看我们被冠以的称呼，还有人们对我们的怨恨，你一定能感受到这里的人们对犹太人的态度正在发生改变。"

"但如果我是犹太人，你一定会想办法让我和你们在一起。我知道你会这样。"

"你错了，皮埃罗。我只是考虑到你的安全和……"

"请各位上车！"列车员大声喊道，"这是最后一遍广播！请各位上车！"

"再见，安歇尔。"皮埃罗说完，便转身踏进了车厢。

"皮埃罗！"布朗斯坦太太哭喊道，"快回来！让我解释完……事情不是你想的那样！"

皮埃罗没有回头。他知道，他的巴黎时光就此结束了。他关上了身后的门，深吸了一口气，准备步入全新的生活。

不到一个半小时，乘务员轻轻拍了拍皮埃罗的肩膀，并指着映入眼帘的教堂尖塔说："马上就到了。"又指了指布朗斯坦夫人在他的领子上贴的那张纸。纸上用黑色大写字体写着他的名字——皮埃罗・费舍尔，还有他的目的地——奥尔良。"你的目的地到了。"

皮埃罗咬咬牙使劲地把自己的小行李箱从座位下拖了出来。列车进站后，他便走向车门。他踏上站台，引擎的蒸汽阻挡了他的视线，他看不清谁在等他。刹那，他感到十分不安。没人出现怎么办？谁来照顾他？毕竟，他只有七岁，没有钱买回程的票。他怎么填饱肚子？要去哪儿睡觉？他该怎么办？

就在这时，有人拍了拍他的肩膀。他转过身来，看见一个面色涨红的男人。男人弯下腰，撕下皮埃罗领子上的标签，凑近看了看，便把它揉成一团扔了出去。

"跟我走吧。"说完，他便径直走向一辆马车。皮埃罗盯着他，一动不动地站在原地。"走呀！"他转过身看着皮埃罗，"我的时间可比你的值钱。"

"你是谁？"皮埃罗问。他并不愿意跟这个男人走，万一被卖去农场当苦力怎么办。安歇尔曾经写过这样一个故事，就是关于一个被卖去当苦力的小男孩。故事里人物的结局都很悲惨。

"我是谁？"那个男人一边自问道，一边嘲笑男孩的鲁莽提问，"我是那个在你不听话时，揍你的人。"

皮埃罗瞪大了双眼。到奥尔良不一会儿，他就受到了暴力威胁。他坐在自己的行李箱上，坚决地摇着头说："对不起，我不会和陌生人走的。"

"别担心，我们很快就不是陌生人了。"男人说。他笑了，脸上的表情温和了一些。他五十多岁，样子有些像餐厅老板亚伯拉罕斯先生。不过，他的胡子看起来有好几天没刮了，衣服破旧、脏乱又不合身。"你是皮埃罗·费舍尔，对吧？反正你领子上的便签是这么写的。是杜兰德姐妹让我来接你的。我的名字叫胡博尔。我时不时为杜兰德姐妹干些零活，所以有时我会来火车站接那些独自前来的孤儿，仅此而已。"

"噢，"皮埃罗终于站了起来，他说，"我还以为她们会自己过来接我。"

"然后让那些小怪物满屋子乱跑？不太可能。如果真那样，等她们回去时，那里一定就是一片狼藉了。"男人走向前，提起皮埃罗的箱子，语调微微扬起。"其实那里一点儿也不可怕。"他说，"那是一个好地方。杜兰德姐妹俩都很善良。所以……你想好了吗？愿意跟我走吗？"

皮埃罗环顾四周，火车早已离开。目所及处除了田野，还是田野。他知道自己其实别无选择。

"好吧。"他说。

不到一个小时，皮埃罗就坐在一个干净整齐的办公室里。这间办公室有两扇巨大的窗户，透过窗户可以看到一片精心打理的花园。杜兰德姐妹上下打量着他，好像他是一件正待出售的物品。

"你多大啦？"西蒙妮戴上眼镜，仔细打量着他。问毕，又把眼镜摘下，挂在脖子上。

"我7岁了。"皮埃罗说。

"你的样子太小了，看起来不像7岁。"

"我一直是这样。"皮埃罗回复道，"但总有一天我会长大。"

"真的吗？"西蒙妮有些疑惑地说道。

"7岁，这个年纪的孩子都很可爱。"阿黛勒拍拍手，笑着说道，"他们总是天真快乐，对世界充满幻想。"

"亲爱的，"西蒙妮打断她，握着她的手臂说，"这孩子的母亲刚刚过世。我们应该考虑考虑他的感受。"

"噢，当然，当然。"阿黛勒说。她的神情开始变得严肃起来。"你现在一定还很难过。失去至亲的感觉真的很糟糕。真的，我们都能理解。我刚刚的意思只是说，你们这个年纪的孩子都很讨人喜欢。当你到了十三四岁时，就容易变得无礼。但我相信你不会这样的。我打赌你一定会是个善良的好孩子。"

"亲爱的。"西蒙妮静静地重复道。

"抱歉。"阿黛勒说，"我又失言了，对吗？那我换个话题吧。"她清了清嗓子——像是面对一屋子不守规矩的工人——开始发表演讲："我们非常欢迎你的到来，皮埃罗。我相信你的到来，对于孤儿院这个温馨的小家庭来说是一笔巨大的财富。我的天！你还是个英俊的孩子！你有一双格外清澈的蓝眼睛。我之前养的那只西班牙猎犬也有一双你这样的眼睛。当然，我不是拿你和一只狗做比较，这样太失礼了。我是说，你让我想起了它，仅此而已。西蒙妮，皮埃罗的眼睛难道没让你想起卡斯珀吗？"

西蒙妮扬起眉毛，打量了男孩一会儿，然后摇摇头说："没有。"

"噢！但它们真的很像，真的很像！"阿黛勒大声说道。她欣喜若狂的表现让皮埃罗不禁猜想，她是不是以为那只死去的狗化作人形又回到她的身边了？"现在，让我们回到正题上。"她的神情再次变得肃静，"关于你母亲去世的事，我们感到非常难过。据我们所知，她是一位令人敬佩的母亲，年纪轻轻就支撑起了全家，一个人承担了很多生活的疾苦。当你最需要她时，她却被死神带走了，这实在是太残忍了。但我敢保证她真的非常爱你。对吧，西蒙妮？你一定也认为费舍尔太太很爱皮埃罗对吧？"

西蒙妮正专注写下皮埃罗的详细信息，包括他的身高和身体情况等。她抬起头，说道："天底下几乎所有母亲都深爱着自己的孩子，这是明摆的事。"

"还有你的父亲，"阿黛勒接着说，"他几年前也去世了，对吧？"

"是的。"皮埃罗回答。

"那你还有其他家人吗？"

"没有了。噢！我记得，我父亲还有一个妹妹。但我从来没有见过她。她也从没来过我家做客。她也许都不知道我还活着，更不知道爸爸妈妈已经死了。我不知道她在哪儿。"

"噢！怎么会这样！"

"我会在这里待多久？"皮埃罗问。他开始注意四周展览的照片和画作。他看见书桌上有一张照片，照片里的男人和女人分别坐在两把间隔很远的椅子上，他们表情十分严肃。这不免让皮埃罗猜测：照片拍下时，他们或许正在吵架。显然，他们是杜兰德姐妹的父母。书桌的另一角上摆着另一张照片。照片里，两位小女孩中间站着一个更小的男孩，她们轻轻地牵着那个男孩的手。墙上还挂着一张照片，是一个年轻女人和一个身着法国军装、留着细胡子的男人。这是一张侧面照，从它悬挂的角度看去，这个年轻的男人似乎正惆怅地注视着窗外的花园。

"许多孤儿在一两个月内就会被不错的人家领养。"阿黛勒说。她在长沙发上坐下，并示意皮埃罗可以坐在她身旁。"有许多善良的男女渴望组建自己的家庭，但却不被上帝眷顾，无法拥有自己的孩子。有些人仅仅只是出于善良或博爱，也会再领养一个孩子。永远不要低估人性的善良，皮埃罗。"

"也永远不要低估人心的险恶。"西蒙妮坐在书桌前，低声补充道。皮埃罗惊讶地看向她，但她却没有抬头。

"有的孩子来到这儿仅几个星期甚至几天就被领养了。"阿黛勒无视她姐姐的评论，继续说道，"当然有的孩子在这儿待的时间会更久一些。但有一次，有个和你一般大的小男孩上午刚到这儿，午饭时就被领走了。我们都还没来得及完全了解他。是吧，西蒙妮？"

"不是。"西蒙妮说。

"他叫什么名字来着？"

"不记得了。"

"好吧，这不重要。"阿黛勒说，"重点是，没人能预测一个人被领养的时间。也许我刚刚说的那些事情也会发生在你的身上，皮埃罗。"

"现在已经快 5 点了。"他回答道，"今天快过完了。"

"我只是想说……那有多少是一直没被领养的？"他问。

"啊？你说什么？"

"有多少小孩子一直没有被领养？"他重复道，"有多少人一直在这儿生活，直到他们长大？"

"哦……"阿黛勒脸上的笑容微微散去，她说，"这个数字难以统计。当然，这样的事时有发生。但我相信这样的事是不会发生在你身上的。这事没理由会在你身上发生，有哪个家庭会不愿意收养你呢！现在不要担心这些了。不管你待在这儿的时间是长是短，我们都会尽可能地让你过得开心。现在的重点是你安顿下来，交一些新朋友，这样就能像在自己家里一样自在了。你可能听说过一些发生在孤儿院的恐怖故事，那是因为这个世界上总有不少喜欢说恐怖故事的坏蛋。比如那个讨厌的英国人——狄更斯先生，他的小说让所有孤儿院名誉扫地。但你放心，我们这里从成立到现在，没有发生过任何意外。我们为你们营造的是快乐的家园。如果你突然感到害怕或者孤单，只管来找西蒙妮，或者来找我。我们都很乐意帮你。对吧，西蒙妮？"

"你会经常看到阿黛勒的。"西蒙妮回答。

"我要睡在哪儿？"皮埃罗问，"我有自己的房间吗？"

"噢，并没有。"阿黛勒说，"就算是西蒙妮和我都没有自己的房间。这里可不是凡尔赛宫！在这里，大家住的是宿舍。当然，男生宿舍和女生宿舍是分开的，这一点你不用担心。每一间宿舍有十张床铺。但你要住的那间加上你只有七个人，会比较安静。你可以挑一张空床，但选定了就不能更改。这能减轻打扫的工作量。你每周三晚上可以洗一次澡。不过，她身子微微前倾，嗅了嗅说，"你最好今晚也洗个澡，洗掉从巴黎带来的灰尘和在火车上沾上的污垢。亲爱的，你身上已经有些异味儿了。我们每天早晨 6 点半起床，接着就吃早点、上课。吃过午餐后再上一会儿课，之后是游戏、晚餐，最后就是上床就寝。皮埃罗，我保证你会喜欢这里的。我们也会尽全力帮你找到好人家。这就是我们工作的乐趣所在。你到这儿来我们十分开心，你要离开我们更会欢送你。是吧，西蒙妮？"

"没错。"西蒙妮说。

阿黛勒站起身来，让皮埃罗跟随她参观孤儿院。皮埃罗走出房门的瞬间，他注意到小玻璃橱柜里摆着一个金光闪闪的东西。他走近橱柜，把脸贴在玻璃上，眯着眼想要看清它。这是一个铜制勋章。勋章用红白相间的编织绳挂起，中间刻着人像，下面夹着一支铜棒，上面刻着"自愿参军"的字眼儿。橱柜的最底层立着一支蜡烛和另一张细胡子男人的照片。这张照片更小，照片里的男人一边笑着，一边对着一趟刚出站的列车挥手。他立刻认出了那个站台，那就是他今早从巴黎出发的站台。

"这是什么？"皮埃罗指着这枚勋章问道，"还有，照片里的人是谁？"

"这不关你的事。"西蒙妮突然站起身来说。皮埃罗转过身，他看见了西蒙妮严肃的神情，他感到有些不安。"从今以后，你不许乱动，连碰都不许碰它！阿黛勒，快把他带回房间。立刻！马上！"

一封朋友的来信和一封陌生人的来信 ①

　　孤儿院的生活并没有阿黛勒·杜兰德形容的那么好。这里的床板很硬，被褥很薄。寡淡无味的食物通常都供应充足；而美味的食物却总是供不应求。

　　皮埃罗尽可能地结交朋友，但那并不容易。因为其他的孩子互相已经十分熟络，他们的圈子并不轻易向新来的孩子开放。孤儿院里有一群爱看书的孩子，但他们没有让皮埃罗加入。因为，他们读的那些书，皮埃罗并没有读过。还有一群孩子，几个月内他们一直在附近森林中搜集木头来搭建微型村庄。但他们摇摇头同样拒绝了皮埃罗，原因是皮埃罗分不清斜角规和短刨，他们不能允许皮埃罗毁掉大家辛勤劳作的成果。另外，还有一群孩子，每天下午在操场上踢足球。他们用最喜欢的国家队球星的名字给自己取绰号——库尔图斯、梅特勒、迪尔夫。这些孩子允许皮埃罗当一次他们队的守门员。但皮埃罗个子不够高，无法跳起扑救高吊射门，可其他的位置都已经有了固定人选。当皮埃罗队以 11:0 的比分输掉比赛后，他们也拒绝了他。

"抱歉，皮埃罗。"他们说，语气里却没有一点儿道歉的意味。

大部分时间里，他只和一个叫作乔瑟特的女孩待在一起。女孩比他大一两岁。三年前，乔瑟特的父母在图卢兹附近的火车事故中去世。之后，她便被送到了孤儿院。她已经被收养过两次了。但最终她却像一个不满意的包裹，被退回了孤儿院。因为这些人家觉得她"太具破坏性"了。

"第一对夫妇真可怕。"一天清晨她和皮埃罗一起坐在树下说道。他们的脚趾浸在露水打湿的草坪里。"他们不肯叫我乔瑟特，还说想要一个叫作玛丽·路易斯的女儿。第二对夫妇只想要个免费的用人。他们使唤我扫地、洗盘子，从早到晚，就像灰姑娘一样。所以我把家里弄得一团糟，他们才把我送回来。说实话，我更喜欢西蒙妮和阿黛勒。"她补充道，"也许有一天我也会愿意被收养。但现在还不是时候。我非常喜欢现在的生活。"

还有一个叫雨果的男孩，他是这座孤儿院出了名的恶霸。他从出生起就一直待在孤儿院，在这里生活了十一年。大家都说，他是所有孤儿中最有地位的，同时也是最吓人的一个。他留着及肩的长发，和皮埃罗住在同一间宿舍里。皮埃罗刚到这儿就犯了一个错误——他选择了雨果旁边的床位。他恼人的鼾声使得皮埃罗不得不将自己深埋在被子里，奢望这床薄棉被可以阻挡那些噪声。他甚至还试过将撕成片的报纸塞进耳朵里。西蒙妮和阿黛勒从来没有将雨果交给别人领养。当那些夫妇来孤儿院挑选孩子时，他就待在自己的屋子里，不洗脸，也不换上干净的衬衣，从来不像其他的孤儿那样对着这些大人微笑。

大部分时间，雨果都在走廊里闲逛，物色可以欺凌的对象。瘦小的皮埃罗显然沦为了他欺凌的对象。欺凌的方式有好几种，但大多低级无趣。有时，雨果会等到皮埃罗睡着以后将他的左手伸进一碗温水中——这会让皮埃罗做出那件他在三岁时就停止做的事情——尿床。有时在课堂上，皮埃罗想要坐下，雨果会抓起座椅靠背，让皮埃罗不得不一直站着，直到老师责备他。有时，他会在皮埃罗洗完澡后把他的浴巾藏起来，皮埃罗只能红着脸跑回宿舍，并忍受宿舍里其余男孩对他的嘲笑和指点。有时，雨果会采取一些简单粗暴的方式——等皮埃罗走到拐弯处，跳到他身上，扯他的头发，打他的肚子。一番欺凌后，皮埃罗的衣衫破烂了，并且鼻青脸肿的。

"这是谁干的？"一天下午，阿黛勒发现了独自坐在湖边的皮埃罗，仔细检查他手臂上的伤口后，问道，"皮埃罗，暴力欺人，是我绝对无法容忍的事。"

"我不能告诉你。"皮埃罗头也不抬地说。他不想打小报告。

"但你必须告诉我，"她坚持说，"不然我没法帮你。是劳伦特吗？他曾经因为类似的事惹上麻烦。"

"不，不是劳伦特。"皮埃罗摇摇头说。

"那是西尔维斯特？"她问，"那孩子总是没安好心。"

"不，"皮埃罗说，"也不是西尔维斯特。"

阿黛勒将目光从皮埃罗身上移开，长叹了一口气。"那是雨果，对吧？"沉默许久后，她开口说。她意味深长的语气让皮埃罗明白，原来她一直都知道是雨果，但她却总是希望自己猜错了。

皮埃罗什么也没说，用右鞋尖踢了踢地上的卵石，然后看着它们滚向岸边，最终消失在水面。"我可以回宿舍吗？"他问。

阿黛勒点点头。他穿过花园回到宿舍。他知道，这一路上她都注视着他。

第二天下午，皮埃罗和乔瑟特在庭院里散步，想寻找几天前他们偶遇的青蛙家族。皮埃罗向乔瑟特提起那天上午收到的安歇尔的来信。

"那封信里说了什么？"乔瑟特问。她十分好奇，因为她从没收到过任何信件。

"嗯，他正在照顾我的狗，达达尼昂。"皮埃罗回答说，"所以他和我说了些关于达达尼昂的事。他还提到我长大的街区的近况。那附近发生了一场骚乱，我很庆幸我避开了它。"

一周以前，乔瑟特就看到了有关这场骚乱的报道。上面宣称所有犹太人都应该被砍头。后来，越来越多的报纸开始刊登文章谴责犹太人并打算将他们赶走。这些文章她特意读过。

"他还给我寄了一些他写的故事，"皮埃罗继续说，"因为他想要成为——"

话没说完，雨果和他那两个喽啰——杰拉德和马克就拎着木棍从树丛中走了出来。

"哟！瞧瞧这是谁啊？"雨果边说笑着边用手背擦去那一长串恶心的鼻涕，"这不就是那夫唱妇随的小两口——费舍尔夫妇吗？"

"滚开！雨果。"乔瑟特边说，边试着从侧面绕开他，但他跳到她跟前，摇摇头，并将手里的木棒在胸前摆成 X 形。

"这是我的地盘，"他说，"任何人闯入我的地盘都要罚款。"

乔瑟特长叹了一口气，她没想到这群男孩居然这么烦人。她双手抱臂，直勾勾地盯着他，丝毫没有退让的意思。皮埃罗却往后退了一步，心想要是这群人从来没出现过，那该多好啊！

"好吧，"她说，"罚多少？"

"五法郎。"雨果说。

"那就先欠着。"

"那我就得收利息。每拖延一天，多交一法郎。"

"好吧，"乔瑟特说，"等累积到一百万时再告诉我吧，到时我让银行直接给你转账。"

"你以为自己很聪明，是吗？"雨果翻了翻白眼，说道。

"肯定比你聪明。"

"说得跟真的似的。"

"她就是比你聪明。"皮埃罗说，他觉得自己最好说点儿什么，否则就会像个懦夫一样。

雨果似笑非笑地回头看了看他。"哟！站出来给自己女朋友撑腰啦，费舍尔？"他问。"你可真爱她啊！是吧？"说完，他在空气中模仿起亲吻的声音，然后用双手环抱着自己的身体，在身体两侧来回抚摩。

"你知道自己现在看起来多荒唐吗？"乔瑟特问。皮埃罗忍不住笑了起来，尽管他知道激怒雨果并非上策。他们的冒犯让雨果面色难堪。

"别给我耍小聪明。"雨果伸出手，用木棍的一梢狠狠地戳了一下她的肩膀，说道，"你难道忘了这是我的地盘？"

"哈！"乔瑟特提高音调，"你觉得这是你的地盘？你不会真的以为一个肮脏的犹太人能掌管些什么吧？"

雨果的神情有些失落，他既困惑又失望地皱着眉头。"你怎么能说出这样的话？"他问，"我只不过是在开玩笑罢了。"

"你不是在开玩笑，雨果。"她一边朝他挥挥手，一边说，"你根本没法控制自己，对吧？因为这是你的本性。当一只猪咕哝叫时，我又怎么会感到意外呢？"

皮埃罗眉头紧锁。所以，雨果也是犹太人？乔瑟特说的话本会让他发笑，但他想起原来班上的那些男孩，也曾对安歇尔说过那些令他无比沮丧的话。

"你知道雨果为什么留这么长的头发吗，皮埃罗？"乔瑟特转过头看他问道，"那是因为他头上长了一对犄角。如果把头发剪了，我们就会看到。"

"够了！"雨果说。他的语气没有之前那么肆无忌惮。

"我打赌你要是脱下他的裤子，就会看见他长着尾巴。"

"够了！"雨果提高嗓门儿再一次说。

"皮埃罗，你和他睡在同一间屋子。他换衣服上床睡觉时，你有没有看见他的尾巴？"

"是一条长满鳞片的长尾巴。"皮埃罗说。乔瑟特控制了这场对话，他也因此鼓足勇气。"就像龙的尾巴一样。"

"我想你根本不应该和他住在一起，"她说，"你最好别和这种人混在一起。人们都是这么说的。孤儿院里有这样一些人。他们应该住在单独的房间，或者被送走。"

"闭嘴！"雨果朝着她怒吼。她往后跳了几步，此时皮埃罗站在两人中间。这个年长的男孩猛地一挥拳，不偏不倚地打在了皮埃罗的鼻子上。"嘭咔"一声巨响，他倒在地上，鲜血流下他的上唇。"啊！"皮埃罗大叫了一声，乔瑟特也跟着尖叫了起来。雨果吓得目瞪口呆，不一会儿就带着杰拉德和马克逃进树林里。

皮埃罗觉得自己脸上有种奇怪的感觉。这种感觉并不令人厌恶，而像一个呼之欲出的大喷嚏。他头部抽痛、口干舌燥。他抬头看了看乔瑟特，她吓得用手捂住了脸。

"我没事，"他一边说着，一边站起来，但他却感到两腿发软，"只是擦伤而已。"

"不！"乔瑟特说，"我们得马上找到杜兰德姐妹。"

"我没事，"皮埃罗重复道，他伸手擦了擦脸，想证明没什么大不了。但当他再次把手放下，他的手指沾着血。他睁大眼瞪着它们，回想起妈妈在她的生日宴上将手帕拿开的场景，那块手帕上同样沾着血渍。"看来有些不妙。"他说。他感觉眼前的树林开始左右摇晃。他的双腿更加虚弱无力。终于他冒着冷汗晕倒在地。

当皮埃罗醒来时，他惊讶地发现自己正躺在杜兰德姐妹办公室的沙发上。西蒙妮正站在水槽旁换洗毛巾。她把毛巾拧干，又将一幅挂在墙上的照片摆正，然后朝皮埃罗走去，将毛巾敷在他的鼻梁上。

"你可醒了。"她说。

"发生了什么？"皮埃罗边问，边用手肘撑起身子。他的头还是很疼，依然口干舌燥，鼻子也有种灼烧的不适感。

"还好没骨折。"西蒙妮坐在他身旁说，"一开始我以为骨折了，还好并没有。不过，这几天可能会比较疼。在消肿之前，你还会顶着一只青肿的眼睛。如果你受不了自己这副模样儿，这段时间最好别照镜子。"

皮埃罗干咽了一口，请求西蒙妮给他一杯水。他来孤儿院已经一个月了，西蒙妮从没像今天这样对他说这么多话。往常她几乎一言不发。

"我会找雨果谈谈的，"她说，"我会让他道歉。我保证这样的事不会再发生了。"

"不是雨果干的。"皮埃罗的语气不足以让人相信。尽管他吃了苦头，但他不想让其他人也惹上麻烦。

"是他，"西蒙妮回答说，"其实乔瑟特已经告诉我。虽然我也早该猜到了。"

"为什么他不喜欢我？"他抬头看着她，静静地问道。

"这不是你的错，"她回答，"是我们的错，是阿黛勒和我的错。我们在他身上犯了错，犯了很多错误。"

"但你们一直照顾着他，"皮埃罗说，"你们照顾着我们所有人，况且我们都不是你们的家人。他应该感谢你才对。"

西蒙妮用手指轻敲着椅子把手，正思量着是否应该揭露这个秘密。"其实……他是我们的家人。"她说，"他是我们的侄子。"

皮埃罗诧异地睁大了双眼。"噢！"他说道，"我并不知道这件事。我以为他和我们一样，是个孤儿。"

"他父亲五年前去世了，"她说，"他的母亲……"她摇摇头，擦了擦眼角的泪水，"其实，我父母对她不好。他们待人有一些愚蠢又迂腐的成见。最后她被他们赶走了。但雨果的爸爸毕竟是我们的弟弟——雅克。"

皮埃罗瞥了一眼那张照片，两个小女孩牵着一个年幼的男孩，又扫了一眼那位身着法国军装的细胡子男人的肖像。

"他出了什么事？"他问。

"他在监狱里死了。雨果出生前几个月他就被关在那里。他还没来得及见他一面。"

"监狱"，皮埃罗的脑海里一直回荡着这个词。他认识的人里，没有谁是被关在监狱里的。他只记得曾在《铁面人》里读到过国王路易十三的弟弟菲利普受到诬陷而被监禁在巴士底狱的故事。这样的命运，光是想想，就让皮埃罗心惊胆战。

"他为什么被关在监狱里？"他问。

"就像你父亲一样，我们的弟弟也参加了大战。"西蒙妮告诉他，"尽管在战争结束后一些人可以回归到平静的生活里，但我想许多人——应该是大多数人——无法承受他们的回忆——那些他们见过的、做过的事情。当然，有些医生一直在努力让世人理解二十年前那场战争带来的创伤。你只需要想想法国的朱勒·别克森博士或者英国的阿尔菲·萨莫菲尔德博士的工作就知道了：他们花费毕生精力向公众普及上一代人的遭遇，并倡导世人尽责帮助他们走出阴影。"

"我父亲就是这样。"皮埃罗说，"妈妈总说：虽然他没有在大战中死去，但就是这场战争夺走了他的生命。"

"没错，"西蒙妮点点头说，"我明白她的意思。雅克也如此。他曾经是一个多么出色的男孩，朝气蓬勃又幽默风趣。他简直是善良的化身。但战争结束后，重返家庭的他……就像变了个人似的，做了一些糟糕的事。但他的确牺牲了自我来保家卫国。"她起身走向那座玻璃橱窗，打开橱窗的碰锁后，把皮埃罗那天盯了许久的勋章取了出来。"你想不想看看这个？"她一边问，一边把勋章递给他。

男孩点点头，小心翼翼地接过它，用手指来回抚摩印在表面的人像。

"他的英勇，为他赢得了这枚勋章。"她说着又收回勋章，将它放回橱窗里，"这是他留给我们的一切。这十年来，他因为大大小小的罪责数次进出监狱，阿黛勒和我经常去监狱探望他。但我们不愿看到他生活在那么糟糕的环境中，更不愿看到他被他献身保卫的国家如此虐待。这是一场悲剧——不仅仅是对我们家，而且对许多家庭来说都如此。对皮埃罗你们家，也是这样，对吗？"

皮埃罗点点头，但一言不发。

"从雅克死在监狱后，我们就一直照顾雨果。几年前，我们向他坦白自己的父母是如何对待他的母亲的，还有我们的祖国是如何对待他的父亲。也许他当时太小了，我们应该等他更成熟些再说。他内心充满怒火，不幸的是他把这种愤恨发泄到了你们身上。皮埃罗，你对他千万别太苛刻。也许他如此针对你，只是因为你和他共同点最多。"

皮埃罗思索一会儿，试着让自己同情雨果的处境，但这并非易事。毕竟，正如西蒙妮所说，他们的父亲遭遇了相似的经历，但他并没有发泄到别人身上，也没有让无关者的生活变得痛苦。

"至少这一切都已经结束了。"他终于开口，"我是说，那场战争。这样的事情不会再发生了，对吧？"

"但愿如此。"西蒙妮回答。就在这时，办公室的门被推开，阿黛勒挥舞着手里的信走了进来。

"你们在这儿啊！"她看了眼西蒙妮，又看了看皮埃罗说，"我一直在找你们俩。你这是怎么啦？"她俯下身来，端详着皮埃罗脸上的瘀青问道。

"我和别人打了一架。"他说。

"那你赢了吗？"

"没有。"

"啊！"她答道，"真倒霉。但我想这个好消息准能让你高兴。你马上要离开这里了。"

皮埃罗吃惊地看着阿黛勒，又转过头看了看西蒙妮。"有人想要收养我吗？"他问。

"这可不是一般的家庭，"阿黛勒想着说，"是你的家庭。是你自己的家庭。"

"阿黛勒，发生了什么？"西蒙妮从她妹妹的手中接过那封信，仔细打量着信封问，"奥地利？"她看着信封上的邮票，惊讶地说。

"是你的姑妈碧翠丝寄来的。"阿黛勒看着皮埃罗说。

"但我从没见过她。"

"嗯，但她可是非常了解你。你可以读读这封信。她最近才知道你母亲的事。她想把你接过去和她一起生活。"

三趟火车之旅 ①

　　杜兰德姐妹把皮埃罗送到奥尔良车站。这趟旅程历时超过十小时，所以阿黛勒给了他一包三明治，她告诉皮埃罗：只有饿得受不了才能吃一块，这样才能撑到目的地。

　　"我已经把三个站点名别在了你的领子上。"她补充说，又来来回回地确认每张纸都已经牢牢地别在了皮埃罗的领口，"当你到达其中一张纸上的站点，你就得下车，换乘到下一张纸上的站点，再上火车。"

　　"给你。"西蒙妮一边说着，一边从包里取出一份用牛皮纸整齐包装的小礼物，"也许它能陪你度过接下来的日子。它会让你想起我们一起生活的那些回忆。"

　　皮埃罗亲吻了姐妹俩的脸颊，感谢她们为他所做的一切。然后便上了火车。他挑了一节车厢，那里坐着一位女士和一个小男孩。他刚坐下，这位女士就瞪了他一眼，也许他们原本打算独占这节车厢。但她什么也没说，转过头继续读起了报纸。小男孩则将身旁的一袋糖果收拾好放进了自己的口袋里。列车缓缓开动，皮埃罗对着窗外的西蒙妮和阿黛勒挥手道别。然后，他低下头看了看领口上别着的第一张纸。他一字一顿地念道：

曼海姆。

前一晚他和朋友们告别，乔瑟特是唯一一个对他的离开表示难过的。

"你确定没有家庭收养你？"她问，"你走了，我们心里并不好受。"

"没有。"皮埃罗说，"给你看看我姑妈的信。"

"她是怎么找到你的？"

"安歇尔的母亲在整理我妈妈的遗物时发现了她的地址。她把发生的一切，还有这所孤儿院的详细信息都写信告诉了碧翠丝姑妈。"

"所以，她想把你接过去和她一起住？"

"是的。"皮埃罗说。

乔瑟特摇了摇头。"她结婚了吗？"她问。

"或许没有。"

"那她的工作呢？她靠什么生活？"

"她是个管家。"

"是个管家？"乔瑟特问。

"是的，怎么了？"

"它'本身'无可非议，皮埃罗。"她终于找到机会用上了最

近才在书里学到的这个词，她接着说，"当然，这份工作还算得上
小资产阶级。但你能做什么呢？还有她照看的那户人家——他们是
什么样的人？"

"她照看的不是一户人家，"皮埃罗说，"而是一个男人。他
说只要我不吵闹就一切都好。我姑妈说，他其实经常不在家。"

"好吧。"乔瑟特说。她装作无所谓，但却暗暗地希望自己
可以和他一起离开。"如果你在那里待不习惯的话，这里随时欢
迎你。"

皮埃罗看着窗外掠过的景色回想起这段谈话来。他突然觉得
有些别扭甚至有些费解。姑妈这些年都不曾联系他们。过去七年，
在所有生日宴和圣诞节上，我们都没见过她。也许是因为她和父亲
之间闹了些矛盾，才断了联系吧。皮埃罗试着打消这些疑虑，他闭
上眼小憩了一会儿。等他再睁开眼，一位上了年纪的男人走进了车
厢，坐在第四个也是最后一个空位上。皮埃罗站直身子，伸开双臂
打哈欠时瞥了他一眼。这位老先生穿着一件白衬衣和一条黑裤子，
外面套着一件黑色的大衣。他乌黑的长卷发披散在脑袋两侧，手里
还挂着一根拐杖。显然，他行动有些不便。

"噢！现在这里太挤了。"对面的女士合上了报纸，摇摇头
说。她说的是德语。皮埃罗脑中的某些记忆被激活了，他立刻想起
这种语言，曾经他与父亲就是用这种语言交流的。"说真的，你就
不能坐在别的位置上？"

男人摇摇头。"夫人，这一趟列车已经满了。"他礼貌地说，

"只有这里有个空位。"

"不，很抱歉，"她突然厉声说道，"但你就是不能坐在这里！"

说完，她起身离开车厢，穿过走廊。皮埃罗惊讶地四处张望，心想明明这里有个空位，她怎么能拒绝别人坐下呢？男人望向窗外，深深地叹了一口气。他的行李虽然占了车厢的大部分空间，但他并没有把它们放在行李架上。

"您需要我帮忙吗？"皮埃罗问，"我可以帮您把行李放到架子上。"

男人笑着摇了摇头。"不麻烦你了，"他说，"但还是谢谢你的好意。"

那位女士找来了列车员。列车员环顾车厢，然后指着那位老先生说："你，起来！出去！站在走廊里！"

"但这个位置没人。"皮埃罗说。他以为列车员觉得他是和父母一同出行，而这位老先生占了他们的位置。"我是一个人出来的。"

"出去！现在！"列车员无视皮埃罗，坚持说，"快站起来，老头！别自找麻烦。"

男人沉默着，站起身，拿起自己的行李，小心地拄着拐杖，缓慢而体面地走出了车厢。

"很抱歉，夫人。"老先生走后，列车员转身向那位女士说道。

"你应该把他们盯紧点！"她呵斥道，"我还带着儿子，他不能靠近那种人。"

"很抱歉。"他重复道。女人轻蔑地哼了一声，好像全世界都在和她作对。

皮埃罗本想问她为什么要把那位老先生赶走。他看到她的面孔凶恶，又担心万一说错话，也会被赶走。于是，他转过身面向窗外，再次闭上眼准备休息。

当他醒来时，车厢间的分割门已经被打开了，女士和男孩正在收拾行李。

"我们到哪儿了？"他问。

"德国。"女士第一次露出了笑容，她说，"终于可以远离那些可恶的法国人了！"她指着一块告示牌，上面写着曼海姆，是皮埃罗的领口上写的第一个地名。"我想，这也是你要下车的地方。"她对着皮埃罗点了点头。皮埃罗跳了起来，急忙收拾好行李，跳下了月台。

皮埃罗独自一人，焦急地站在车站中央大厅里。放眼望去，目之所及尽是行色匆匆的男女。他们与皮埃罗擦身而过，朝目的地急切地奔去。这里的士兵们也是如此，而且成群结队的。

他最先注意到的是语言的转变。越过了边境，这里人们都说德语。他仔细地听着，试着理解人们说的话。他很庆幸爸爸从小就坚持教他学习德语。皮埃罗把衣领上写着曼海姆的那张纸片撕了下来，扔到离他最近的纸篓里。然后低下头，念出下一张纸片上写着的地名：

慕尼黑。

列车时刻表上悬挂着一座巨型挂钟，他朝那儿跑去，但却一不小心撞上了一个男人。他摔在了地上，一抬头，男人魁梧的身影立刻扑入了眼帘。他穿着土灰色制服，腰间系着笨重的黑腰带，套着黑色长筒靴，左袖口上还绣着奇特的标志——一只在四角弯折的十字上展翅的老鹰。

"抱歉。"皮埃罗屏住呼吸说。他抬头看着那个男人，既恐惧又敬畏。

男人低头看了看，他没有扶起皮埃罗，而是轻蔑地撇了撇嘴，又轻轻抬起鞋尖，一脚踩在皮埃罗的手指上。

男人越踩越用力。"你弄疼我了。"皮埃罗大喊，他感觉自己的手指被踩得抽痛。他从没见过他这样的人，居然以别人的痛苦为乐。周围的旅客来来往往，他们目睹着眼前的一切，却没人伸出援手。

"拉尔夫，原来你在这儿。"一个女人走近他说。她怀抱着一个小男孩，身后还跟着一个大约 5 岁的女孩。"抱歉啊，布鲁诺想看看蒸汽火车，所以我们差点儿跟丢了你。噢，这里发生了什么？"她问。男人露出微笑，抬起靴子，弯下身将皮埃罗扶起来。

"这孩子走路不看路，"他耸耸肩说，"差点儿撞到我。"

"他的衣服太旧了。"女孩厌恶地上下打量着皮埃罗说。

"格蕾特，我告诉过你别再这么说话。"女孩的妈妈阴着脸说。

"他闻起来也有股怪味儿。"

“格蕾特！”

“我们可以走了吗？”男人看了一眼手表问道。他的妻子点了点头。

皮埃罗看着他们远去的背影，用另一只手揉了揉被踩疼的手。就在这时，那位女士怀抱着的男孩转过头来，朝他挥手再见。他们的眼神相遇。尽管他的指关节还很疼，但皮埃罗还是不禁笑了起来，也朝他挥了挥手。他们消失在了人群中。各个站台的哨声响起。皮埃罗突然意识到他必须马上找到正确的列车，否则他可能会滞留在曼海姆。

时刻表上显示他要坐上的列车马上要从三号站台出发。于是他冲向三站台，刚跳上车，列车员就“砰”地把门关上。他知道，下一趟旅程要花上三个小时。旅程到了现在，坐火车的新鲜和刺激感已经完全消磨殆尽。

在浓浓的蒸汽和噪声中，火车摇摇晃晃地驶出车站。透过敞开的车窗，他看见一个围着头巾、拖着行李箱的女人正追赶着火车，她一边还喊着，司机等一下。月台上三个凑在一起的士兵对着她大笑起来。她把包放下，开始和他们理论。其中一人突然走上前来，一把将她的手臂扭到身后。皮埃罗十分震惊，但他只看到女人的表情由愤怒转向痛苦。突然，有人拍了拍他的肩膀。他转过身去。

“你在这里干什么？”列车员说，“你买票了吗？”

皮埃罗摸遍口袋，翻出离开孤儿院前杜兰德姐妹交给他的所有文件。这个男人粗略翻了翻，用他那被墨水弄脏的手指逐行指着上面的文字，并自言自语地低声念出来。他的身上散发出雪茄的味道。这难闻的味道和摇摆前进的列车让皮埃罗觉得有些反胃。

"好的。"列车员说着，又把这些车票塞进皮埃罗的夹克口袋里。他盯着皮埃罗领口上的地名问："你是自己出门的，对吗？"

"是的，先生。"

"没有父母？"

"没有，先生。"

"好吧，列车正在运行，你可不能站在这儿。这里太危险了，你随时有可能摔下去，被车轮压成肉泥。别以为我在开玩笑，像你这么大的男孩掉下去准没命了。"

听到这番话，皮埃罗觉得自己的心仿佛刀绞一般——毕竟，爸爸就是这样去世的。

"跟我来。"男人说着，一把拽过皮埃罗的肩膀。皮埃罗带着自己的行李箱和三明治，被他拽到下一节车厢。"满了。"列车员伸头探了一眼，嘀咕说。接着又马上走到下一节车厢。"满了。满了。满了。"他低头瞥了一眼皮埃罗。"现在恐怕找不到空位了。"他说，"今天这趟火车已经满员，也许你找不到位置坐了。但出于安全考虑，你也不能一直站到慕尼黑。"

皮埃罗一言不发，他有些费解：不能坐也不能站，更不可能飘在空中，难道还有别的选择吗？

"啊哈！"男人终于开口了，他打开一扇门，朝里面看了看。一阵阵笑声和聊天儿声传到了走廊里。"这里看起来还能容得下一个小东西。你们不会介意吧，小伙子们？这有一位独自前往慕尼黑的孩子。我把他交给你们照顾了。"

列车员离开后，皮埃罗越发紧张了。车厢里坐着五个十四五岁身材健壮、皮肤白净的金发男孩，他们转过头静静地看着皮埃罗，就像一群饿狼意外发现了鲜美的猎物一样。

"进来吧，小伙计，"最高那个男孩指着他对面两个男孩之间的空位说，"我们不会吃了你。"他伸出手，缓缓地挥手示意皮埃罗可以过来。这个动作让皮埃罗觉得很别扭，但他别无选择。坐下不久，那群男孩又开始交谈起来，并不介意他的存在。皮埃罗坐在他们中间，显得非常渺小。

他盯着脚上的鞋看了许久。过后一会儿，他终于鼓起勇气，抬起头，假装欣赏窗外的风景。其实他正注视着那个靠着窗玻璃打盹儿的男孩。所有男孩都穿着统一的制服——褐色衬衫，黑色短裤和领带，白色及膝袜，菱形臂章。臂章的上下部分是红色，而左右部分是白色，中间则是那个似曾相识的四角弯折的十字。皮埃罗清楚地记得，这个标志和那个在曼海姆车站踩皮埃罗手指的男人袖口上绣的一模一样。他甚至希望自己也能有这样一套制服。这样，孤儿院给的二手衣服就可以不穿了。如果他能像这些男孩一样穿得这么体面，在火车站遇到的那个陌生女孩就一定不会嫌弃他的穿着了吧。

"我爸爸曾经是个军人。"他突然用一种意想不到的音量大声说道。男孩们突然安静下来，看着他。那个靠窗睡着的男孩也醒了过来。他眨了眨眼，环顾四周，和其他的男孩确认他们是否已经抵达慕尼黑。

"你说什么，小伙计？"第一个男孩开口问，他显然是这群人的头儿。

"我说我爸爸曾经是个军人。"皮埃罗重复了一遍,但他已经后悔开口说话了。

"什么时候的事?"

"大战时。"

"你的口音,"那个男孩身子向前倾斜,说道,"你德语说得不错,但你并不是德国人,对吧?"

皮埃罗摇摇头。

"让我猜猜。"他指着皮埃罗的脑袋,脸上浮现出笑容,"瑞士人。哦,不!法国人!我猜得对吧?"

皮埃罗点点头。

男孩挑起眉毛,嗅了嗅,好像在试图闻出某种臭味儿。"那你多大了?6岁?"

"我7岁了。"皮埃罗坐直身子,义正词严地说。

"你看起来太小了,不像7岁。"

"我知道。"皮埃罗说,"但总有一天我会长大的。"

"但愿你能活到那个时候。那你要去哪儿?"

"去见我姑妈。"皮埃罗说。

"她也是法国人?"

"不,她是德国人。"

男孩想了想,又露出令人不安的笑容。"你知道我现在的感觉吗,小伙计?"他问。

"不知道。"皮埃罗说。

"我饿了。"

"那你今天没吃早餐吗？"他的回应让其他两个男孩突然大笑起来。领头的男孩瞪了他们一眼，他们的笑声便立即停止了。

"不，我吃早餐了。"他平静地回答，"我的早餐还十分美味。我也吃了午餐。我甚至还在曼海姆车站吃了些点心。但我就是饿了。"

皮埃罗瞥了一眼座位旁那包三明治。他后悔没把它们和杜兰德姐妹送的礼物一起放进行李箱里。他原本打算在这里吃上两个，把最后一个留到最后一趟列车上。

"也许火车上有商店。"他说。

"但我没带钱。"男孩微笑着张开双手，"我只是个效忠祖国的青年。我罗特富勒只不过是文学教授的儿子——当然，比起我身边这群卑微低下的希特勒青年团的成员，我的身份的确更加优越。你爸爸有钱吗？"

"我爸爸去世了。"

"在大战中战死的？"

"不，是大战结束后去世的。"

男孩又思索了一会儿。"你妈妈一定非常漂亮吧。"他一边说，一边伸出手摸摸皮埃罗的脸。

"我妈妈也去世了。"皮埃罗躲开他的手，回答道。

"真遗憾。我猜她是个法国人？"

"是的。"

"那并不重要。"

"算了吧，科特。"窗边的男孩说，"别闹了，他只是个孩子。"

"你有什么意见吗，施勒海姆？"他突然转过头盯着他的朋友，呵斥说，"怎么，你忘了刚才是谁不知廉耻地靠在窗边，像头猪似的打呼噜？"

施勒海姆紧张地咽了咽口水，摇摇头。"对不起，罗特富勒·科特勒。"他脸色涨红，安静地说，"我知错了。"

"我再说一遍，"科特勒又转过头看着皮埃罗说，"我饿了。要是这里有吃的就好了。等等！那是什么？"他微笑着，露出一口整齐洁白的牙齿，"那是三明治吗？"他伸过手拿起皮埃罗身边的包裹，闻了闻，"我想这的确是三明治。一定是有人把它落在这儿了。"

"这是我的三明治。"皮埃罗说。

"上面写着你的名字吗？"

"你不能在面包上写名字。"皮埃罗说。

"既然如此，我们就不能确定这是你的三明治。既然是我发现了它们，这就是我的战利品。"科特勒说着，打开了包装，拿出第一块三明治咬了三大口后，又大口吃起第二块三明治来。"真好吃。"他说着，将最后一块三明治递给了施勒海姆，但他却摇摇头。"你不饿吗？"他问。

"不，罗特富勒·科特勒。"

"我确定我听见你肚子咕噜叫的声音了。吃一块！"

施勒海姆伸出手有些颤抖地接过这块三明治。

"非常好。"科特勒笑着说，"真遗憾现在已经没有多余的三明治了。"他对着皮埃罗耸耸肩说，"如果还有，我一定会给你的。你看起来饿极了！"

皮埃罗盯着他。在他看来，面前这些男孩是群不折不扣的盗贼。他们比他年长，却偷吃他的食物。但他敢怒不敢言。不仅仅是因为科特勒比他年长，这个男孩身上的某些特质让皮埃罗意识到，此时与他们纠缠只会让自己的处境更糟。他委屈得差点儿掉眼泪，但他告诉自己一定不能哭。于是他埋头看着地板，眨了眨眼，将眼泪收回。皮埃罗看见科特勒的靴子一点点向前挪动。他一抬头，科特勒就将揉成一团的空袋子扔到他的脸上。然后，又若无其事地和身边的男孩聊起天儿来。

从那时起，直到抵达慕尼黑，皮埃罗再也没有开口说话。

几个小时后，列车驶进站台。几个希特勒青年团的成员已经收拾好自己的行李，但皮埃罗却退缩不前。他想等他们先离开。他们一个接着一个地下了火车。最后，车厢里只剩下皮埃罗和罗特富勒两个人。这个年长的男孩低下头看了皮埃罗一眼，又弯下腰来仔细看了看别在他领口的地名。"你得在这儿下车了。"他说，"这是你的目的地。"好像他从来没有欺负过皮埃罗，还善意地提醒他一样。他撕下皮埃罗领口的那张纸片，然后俯身念道：

萨尔茨堡。

"啊哈！"他说，"看来你不是到德国，而是去奥地利。"

快到终点了，一股突如其来的恐惧感萦绕在他的脑海。他可不想再和他们坐同一趟车。他不想和这个男孩说话，但却不得不问："你也要去那里，是吗？"

"什么？去奥地利？"科特勒边问，边提起座位上的背包走出车厢门。他摇摇头，笑了起来。"不。"他说。他朝前走着，想了想又回过头来。"至少，现在不去。"他向皮埃罗使了个眼色，"但快了。我很快就会到那儿去。今天，奥地利人民还有一个他们可以称之为家园的地方。但总有一天……'嘭'！"他指尖并拢，又忽然张开，模仿起爆炸的声音。然后，他又大笑着走下火车，消失在远处的月台上。

最后这趟旅程不到两个小时。皮埃罗又累又饿。他疲惫不堪，但害怕错过站，又不敢睡着。他回想起巴黎课堂上挂着的欧洲地图，如果真坐过站了，他会去哪儿。俄罗斯？或是更远的地方吧。

他独自一人待在车厢里，突然想起西蒙妮送给他的礼物。他从行李箱里把它找了出来。拆开棕色的包装纸，发现原来是一本书。他用手指指着封皮上的那行字。

《埃米尔和侦探们》。上面写着：埃里希·卡斯特纳著。

书的封面是一个男人，他走在昏黄街道上，另外有三个孩子，他们躲在柱子后盯着他。右下角还写着特里尔三个字。他读起开篇语：

"埃米尔，"蒂施拜因夫人说，"现在请你帮我提着那壶热水，好吗？"夫人提起一壶热水，又拿起盛着甘菊洗发液的小蓝碗，急忙从厨房走到前屋。埃米尔按照她的吩咐，提起了一壶热水跟在她后面。

没过多久，皮埃罗惊讶地发现书里这个叫作埃米尔的男孩和自己居然有些相似——或者说，至少他和曾经的自己有些相似。埃米尔的父亲去世了，他和母亲相依为命——尽管他们住在柏林而非巴黎。小说一开始，在火车上，就像罗特富勒·科特勒偷了他的三明治一样，埃米尔也被身旁坐着的男人偷了钱。皮埃罗突然很庆幸自己身无分文。他的行李箱里装满了衣服、牙刷、与父母的合影，还有离开孤儿院前收到的安歇尔的新故事。这篇新故事，他读过两遍。故事的主人公是一个男孩，他被自己的朋友谩骂。皮埃罗觉得整个故事令人有些苦恼。他更喜欢安歇尔之前写的那些关于魔术师和动物的故事。他把行李箱挪近了些，以防有人突然闯进，他会发生像埃米尔那样的意外。火车摇摇摆摆，让人昏昏欲睡。终于，皮埃罗禁不住合上双眼，打了个盹儿，书从手中滑落下来。

感觉只是过了几分钟，一阵敲玻璃的声响把皮埃罗惊醒。他跳了起来，惊讶地环顾四周。他不知道自己到哪儿，担心自己是否已经到俄罗斯了。火车驶进站点，周围一片死寂。

敲玻璃的声音再次响起。这一次，发出的声响更大了。玻璃上凝结的雾水让他无法看清站台。他用手在玻璃上擦出一个漂亮的弧形，透过那个弧形他清楚地看见了那块巨大的站牌——萨尔茨堡。他自顾自地念着。这时，一位披着红色长发的美丽女子正站在窗外看着他。她在说着些什么，但他无法听清。她又说了一遍——依旧听不清楚。皮埃罗站起身来，打开顶部的一扇小窗。这时，她的声音终于传进皮埃罗的耳朵里。

"皮埃罗，"她大喊道，"是我！我是碧翠丝姑妈！"

　　第二天早上醒来，皮埃罗发现自己躺在一间陌生的屋子里。屋子的天花板由一系列长木梁组成，下端有深色圆柱垂直支撑着。头顶一块木板的角落处挂着一张巨大的蜘蛛网。大网的建筑师正挂在一根旋转的细丝上，看起来摇摇欲坠。

　　他继续躺着，试着想起更多细节，自己是怎么来到这里的。他只记得下了火车，和一个自称是碧翠丝姑妈的女人走出了站台，然后爬上一辆汽车的后座。开车的是个男人，穿着灰黑色制服，戴着司机帽。脑海里再之后的画面开始模糊不清。他隐约记得自己提及一个希特勒青年团的男孩抢走了他的三明治。司机对这些男孩的所作所为说了些什么，但碧翠丝姑妈马上打断了他。后来，他想必是睡着了——而且还梦见自己在云朵间飞啊飞，越飞越高，越飞越冷。后来，一双结实的臂膀将他抱下了车，抱进卧室里。一个女人替他盖好被子，亲了亲他的额头，然后就关灯离开了。

　　他坐了起来，环顾四周。这间屋子非常小——甚至比他在巴黎的房间还小。房间的陈设也很简陋，除了他躺着的那张床，一个橱柜，上面放着一只碗和一个水壶，还有角落里的一个衣柜，别无他物。他掀起被子，低头一看，惊讶地发现自己全身上下只穿着一件长睡衣。一定有谁帮他换了衣服。想到这里，他的脸红了起来。不管是谁，这个人一定已经把自己看了个遍。

皮埃罗跳下床，赤脚踩在冰凉的木地板上。他走到衣柜前，却没找到自己的衣服。他打开橱柜，里面同样空空如也。但水壶却盛满了水。他喝了几口，又用水漱了漱口。然后，他又把水倒进碗里洗了把脸。他走向唯一的那扇窗户，拉开窗帘，玻璃上结的那层霜却阻碍了他的视线。他隐约看到远处白茫茫、绿茫茫一片，田野似乎在努力挣脱白雪。他突然有些焦虑。

我在哪儿？他不停地想。

他转过身，突然看到墙上挂着一幅肖像画，是一个留着细胡子、神情极其严肃的男人。男人穿着黄色的夹克，胸前的口袋上别着十字勋章。他目视远方，一只手搭在椅子上，另一只手紧紧叉腰。他的身后挂着一幅画。画里有一片树林，天空中乌云密布，似乎正酝酿着暴风雨。

皮埃罗发现自己盯着这幅画看了很长时间——这个男人的表情似乎有催眠的作用——当他听见门外走廊传来的脚步声时，他才回过神儿来。他迅速跳回床上，将被子拉到下巴上。门柄转动，一个约18岁的红发女孩开了门，朝屋里看了看。她身材肥胖、脸色比发色更红。

"你醒了。"她用一种责备的语气说。

皮埃罗默默地点点头。

"你跟我来。"她说。

"去哪儿？"

"跟我走就是了。快来。我很忙，没时间回答这么多蠢问题。"

皮埃罗爬下床，埋头跟着她。"我的衣服呢？"他问。

"都扔进焚化炉了。"她说，"现在都已经烧成灰了吧。"

皮埃罗惊慌地喘着气。他穿来的那些衣服是妈妈在他 7 岁生日时给他买的。那是他们最后一次一起去买东西。

"那我的行李箱呢？"他问。

她耸了耸肩，没有一丝愧疚。"什么都没了。"她说，"我们不想让那些又臭又脏的东西出现在这间房子里。"

"但是它们——"皮埃罗想开口。

"你别再说废话了。"女孩转身，伸出一只手指在他面前晃了晃说，"它们太脏了，很可能布满了污浊。最好的办法就是把它们都烧了。而你最好就乖乖地待在贝格霍夫……"

"待在哪儿？"皮埃罗问。

"贝格霍夫。"她又说了一遍，"就是这间房子的名字。还有，我们这里不容许你哭闹、发脾气。现在你老老实实跟着我，别再让我听见从你嘴里发出的任何声音。"

他沿着走廊走着，左顾右看，试着记下每一处细节。这间房子几乎都是木质结构，给人一种舒适和优雅的感觉。墙上挂着一些照片，它们似乎与这份舒适有些格格不入：有一张照片上是一

群群穿着制服的军官正立正站着——有的人直接俯视镜头，似乎
恐吓着要把镜头砸烂。他站在其中一张照片前看得入迷。照片上
的那群男人表情凶狠、恶毒，同时又英姿飒爽、振奋人心。皮埃
罗开始幻想自己长大后是否也会像他们一样令人畏惧。如果真的
是这样，在火车站也许就不会有人敢撞倒他，更不会有人敢在车
厢里偷他的三明治吧。

"这些照片是她拍的。"女孩发现皮埃罗正目不转睛地盯着照
片看，她停下来说。

"谁？"

"女主人。行了，别在这儿瞎晃——水都快凉了。"

皮埃罗不知道她在说些什么，只是跟着她走下楼，向左拐。

"你叫什么名字来着？"她回头看了看他，问道，"我还没搞
清楚。"

"皮埃罗。"他回答。

"这算哪门子名字？"

"不知道，"他耸了耸肩说，"但这就是我的名字。"

"别耸肩，"她说，"女主人不能忍受别人耸肩。她说这很
粗俗。"

"你是说我姑妈吗？"皮埃罗问。

女孩停了一下，看了看他，转过头大笑。"碧翠丝不是女主
人。"她说，"她只是管家。女主人是……好吧，女主人就是女主
人。她才是掌管一切的人。你姑妈只是听从她的指示办事。我们也
如此。"

"你叫什么名字？"皮埃罗说。

"赫塔·泰森。"女孩说，"我是这里第二资深的女佣。"

"这里一共有多少女佣？"

"两个。"她回答，"但女主人说我们还需要更多帮手。等人手招齐了，我还是第二资深的女佣，她们都得听我的。"

"你也住在这里吗？"他问。

"当然。难道你觉得我愿意每天往返这里来锻炼身体？虽然我们已经有好几周没见到男女主人了，但等他们回来，这房子就有男女主人了。有时他们会在这儿住上一周；有时会住得更久；但有时我们一个月也见不着他们。这位是埃玛——她是主厨。你可别和她对着干。这位是尤特，这里最资深的女佣。这是恩斯特，他是司机。我想你昨晚已经见过他了。噢，他棒极了！英俊潇洒又幽默体贴。"她沉默了一会儿，轻松地叹了口气，"这是你的姑妈。她是我们的管家，你早就知道了的。通常会有几个士兵驻守在门口。但他们经常轮换，我们甚至都没有机会认识他们。"

"我姑妈在哪儿？"皮埃罗问。他认定自己并不喜欢赫塔。

"她和恩斯特下山买些必需品了。我想她很快就会回来。你一定不了解这对搭档。你姑妈有个坏毛病，就是喜欢麻烦恩斯特。我想和她谈谈这件事，但是她的资历比我高，搞不好会向女主人告我的状。"

赫塔打开另一扇门，皮埃罗跟着她走了进去。房间中央是一个盛着半盆水的锡制浴盆。盆里热腾腾的洗澡水还冒着蒸汽。

"今天是沐浴日吗？"他问。

"这是给你准备的。"赫塔挽起袖子说，"来吧，把身上那件长睡衣脱了，泡在水里，这样我才能把你洗干净。天知道你身上有些什么脏东西。我见过的法国人都不太干净。"

"哦，不！"皮埃罗一边说着，一边摇着头退后了几步。他伸直双手，手掌朝外对着赫塔，防止她靠近。他没法在一个完全陌生的人面前脱光衣服——尤其还是在一个女孩面前。哪怕是在孤儿院，宿舍里全是男孩，他也不喜欢这样做。"不，不，不。绝对不行！我不脱！对不起，但就是不行。"

"那你觉得你还有别的选择吗？"赫塔问。她双手叉着腰，盯着皮埃罗。那目光就像盯着一个外星人。"命令就是命令。皮埃——"

"皮埃罗。"

"你很快就会明白。命令一旦下达，就必须遵守。要无条件地服从命令。"

"不行。"皮埃罗红着脸尴尬地说，"5岁后，我妈妈就不再帮我洗澡了。"

"好吧，可据我所知你妈妈已经死了，而你的爸爸卧轨自杀了。"

皮埃罗注视着她，哑口无言。他不敢相信居然有人会如此冷漠。

"我会自己洗。"他终于开口说，嗓音有些沙哑，"我知道该怎么洗。我马上就会洗的。我保证。"

她摊了摊手。"好吧。"她妥协了。说完便拾起一块香皂，猛地扔到他手中。"十五分钟后我再过来,到时你得把整块香皂都用完,你明白我的意思吗?否则我会用刷子把你刷干净。到时你无论说什么都无法阻止我。"

皮埃罗点点头,松了口气。等赫塔离开浴室,他才把睡衣脱下,小心翼翼地爬进浴盆里。他躺在浴盆里,闭上眼享受这意料之外的奢侈。他已经很久没有洗过热水澡了。在孤儿院时,他们只能洗冷水澡,而且同一盆水,要被许多孩子重复使用。他把香皂泡软,搓出了许多泡泡,然后开始洗起来。

洗澡水很快因为他身上的污垢而变得混浊。他把头埋进水里,享受外界的声音逐渐消失的感觉。然后,他用香皂搓洗头发,还按摩起自己的头皮。把所有泡沫冲洗干净后,他坐起身来,搓洗自己的脚掌和指甲。香皂越洗越小,他悬着的心也渐渐地放下来了。终于,他把香皂用光了。他松了口气,这样赫塔那骇人听闻的威胁就没有理由实施了。

赫塔再一次回到浴室——居然连门都没敲!她带来一块大毛巾,递给了皮埃罗。"好了,"她说,"快出来吧。"

"转过去。"皮埃罗说。

"噢,我的天。"赫塔叹了口气,闭上眼,转过头去。皮埃罗爬出浴盆,用毛巾紧紧地裹住自己。这是皮埃罗用过的最软、最高档的毛巾了。他瘦小的身躯紧紧地裹在毛巾里。太舒服了!他愿意永远裹在毛巾里。

"好了。"赫塔说,"我已经把干净的衣服放在你的床上。这些衣服对你来说有点儿大了。碧翠丝会带你下山去买些新衣服。我是这么听说的。"

又是下山。

"为什么我会在一座山上？"皮埃罗问，"这是什么地方？"

"别再问了。"赫塔转过脸说，"你闲着没事干，我可忙得很。赶紧把衣服穿好。如果你饿了，就下楼。那里有些吃的。"

皮埃罗裹着毛巾，一路小跑上楼回到房里。木地板上留下他的小脚印。他看见自己的床上整齐地放着一套衣服。把衣服穿上后，他挽起衬衣的袖子，卷起裤脚，尽可能地系紧背带。床上还放着一件笨重的套头外衣。他套在身上，衣摆没过了膝盖。这件外衣太大了，尽管天气十分寒冷，他还是不打算穿了。

他走下楼，四处张望。他不确定自己该往哪儿走，但楼下空无一人。

"有人在吗？"他小心地问。他不敢吸引太多注意力，但却希望能有人能听见。"有人在吗？"他一边重复着，一边走向前门。他听见门外的声音——是两个男人的笑声。他转动把手，把门打开。一束夹带寒意的阳光照进屋里。他踏出房门，两个男人立刻将手中抽了一半的香烟扔到地上，用脚踩灭后，又站直身子，直视远方。这两座活体雕塑穿着灰色制服，戴着灰色大檐帽，腰间系着沉重的黑色皮带，脚踩一双及膝的黑色长筒靴。

他们都捎着一支步枪。

"早上好。"皮埃罗小心翼翼地说。

两个士兵都没有说话，于是他又向前迈了一些。然后转过身来，仔细地、逐个地打量他们。但他们仍然一言不发。皮埃罗觉得他们的样子十分滑稽。他试着憋住笑。一边翻着白眼，一边把手指放在嘴角，尽可能地将嘴巴拉宽。但他们没有任何反应。皮埃罗单脚跳了起来，一边用手来回拍打自己的嘴巴，一边喊着口号。他们仍旧不为所动。

"我是皮埃罗！"他大喊，"我是山大王！"

这时，一个士兵微微转过头来，脸上的表情也发生了微妙的变化。他撇了撇嘴，肩膀轻轻抬起，肩上的步枪也随之抬起。这让皮埃罗觉得，或许他不该和他们说话的。

皮埃罗想回屋里吃点儿东西，就像赫塔建议的那样。他有些饿了，毕竟从离开奥尔良到现在已经过了二十四小时，他什么也没吃过。但现在的他，又太过好奇自己在哪儿了，禁不住探索起新环境来。他穿过铺着一层白霜的草地。每踩下一步，都留下漂亮的脚印。放眼望去，远方的景色令他诧异。原来，他不是在一座孤峰的山顶上，而是置身于连绵起伏的山脉中。这里的每一座山峰都高耸入云。积雪的山顶混在白茫茫的天空里，云朵环绕在群峰周围，模糊了山际。皮埃罗从未见过这样的景象。他走到房子的另一侧，欣赏起那里的风景。

太美了！他站在此处，将一个宏伟、静谧的世界尽收眼底。

他听见远处有声音传来，在周围萦绕着。一条山路始于门前，蜿蜒经过阿尔卑斯山腹地，左曲右拐、变幻莫测，最后消失在目不可及的山下。他想，自己究竟站在多高的地方啊！他深吸了一口气，肺里灌满了清新空气，变得心旷神怡。皮埃罗回头看了看那条山路，一辆汽车正朝他驶来。他在想是否应该在车子抵达前赶紧回到屋子。皮埃罗多希望安歇尔也能在这儿，他一定知道该怎么做。皮埃罗还在孤儿院时，他们俩还定期通信。但突如其来的变动让他来不及通知他的朋友。他想赶紧给安歇尔写信，但他却不知道他的地址。

皮埃罗·费舍尔

萨尔茨堡附近的某座山顶

这个地址太模糊。

车子又向前开了一些，然后停在了距山顶二十英尺远的停车检查站。皮埃罗看见一个士兵从小木屋中走了出来，然后抬起栅栏，挥手示意车子继续向前。这是那晚在火车站接他的汽车。这是一辆具有可伸缩车顶的黑色大众，一对黑、白、红三色旗立在车头，随风飘动。车子停下后，恩斯特下车绕到车后，打开黑色的车门，碧翠丝走了出来，两人聊了一会儿。然后，她朝门前士兵的方向瞥了一眼，表情随即变得严肃起来。恩斯特回到驾驶座上，又向前开了一会儿，将车停在了不远处。

碧翠丝好像在询问士兵一些事，士兵朝皮埃罗的方向指了指。她转过身，和皮埃罗四目相对，脸上浮现的笑容不禁让皮埃罗想起自己的父亲。他们俩长得真像啊！就连神情也几乎一模一样！他希望自己还能回到巴黎，回到从前那段幸福快乐的日子里：爸爸妈妈还在身边关心他、爱护他；达达尼昂焦躁地刮蹭着门，想要去散步；楼下的安歇尔随时准备教他手语。

碧翠丝朝他挥了挥手。他迟疑了一会儿，才抬起手回应。他走了过去，越发对自己的新生活感到好奇。

多一些法国花儿，少一些法国味儿 ①

　　第二天上午，碧翠丝来到皮埃罗的房间，告诉他是时候下山买些新衣服了。

　　"你从巴黎带来的那些衣服在这里没法穿。"她说着，四处张望后把门关上，"男主人对这些事情有一套非常严格的规定。如果你穿着传统的德国服装，怎么说都会更安全些。你自己的那些衣服在他看来有些太随意了。"

　　"更安全些？"皮埃罗对她的措辞感到不解，他问。

　　"说服他让你住进这儿来可不是件容易的事。"她解释说，"他不习惯和孩子住在一起。我已经向他保证你不会惹出什么乱子。"

　　"他没有自己的孩子吗？"皮埃罗幻想着男主人回来以后，或许会带来一个和他年纪相仿的孩子。

　　"没有。还有，如果不想让他把你送回奥尔良，你最好不要做一些让他失望的事。"

"其实孤儿院没有我之前想的那么糟。"皮埃罗说，"西蒙妮和阿黛勒对我非常好。"

"我相信她们，但又有谁能取代家人呢。我们是一家人，是彼此在这世界上唯一的亲人。我们是不会让对方失望的。"

皮埃罗点点头，但自从收到姑妈的信后，有件事他一直没想通。"为什么我们之前从来没见过？"他问，"为什么你从没来巴黎看过我们呢？"

碧翠丝摇摇头，站起身来。"这件事留到以后再说吧，"她说，"以后有机会我会告诉你的。来吧，跟我走。我想你现在一定饿了。"

吃过早餐，他们找到恩斯特。他正倚着车读报纸。他抬头看了看他们，然后微笑着把报纸折好后夹在手臂下，打开车门。皮埃罗瞥了一眼他身上穿的制服。真好看啊！他心里想：姑妈会不会给他买一套这样的衣服呢？他一直很喜欢制服。在巴黎的家里的衣柜里，他曾经找到一套父亲的制服——上身是一件中间有六个纽扣的圆领苹果绿束腰外衣，下身是与之搭配的裤子。但父亲从没穿过。有一次，爸爸撞见皮埃罗正好奇地试着那件外衣，他惊讶地僵站在门口，一动不动。妈妈看见后，却生气地指责他乱翻东西。

"早上好，皮埃罗！"司机一边拨弄着男孩的头发，一边高兴地说。"昨晚睡得好吗？"

"非常好，谢谢你。"

"昨晚我梦见自己在为德国踢足球。"恩斯特说，"在和英格兰的对决中我踢进了决胜球。我是在大家的欢呼声中被其他队员抬出球场的。"

皮埃罗点点头。他其实不喜欢听别人复述自己的梦。就像安歇尔讲述的复杂的故事那样，皮埃罗觉得它们并没什么意义。

"我们要去哪儿，费舍尔小姐？"恩斯特问道。他毕恭毕敬地脱下帽子，朝碧翠丝鞠了一躬。

她大笑着坐上后座。"我想我是要升职了，皮埃罗。"她说，"恩斯特从不会这么尊敬地称呼我。麻烦你去镇上。皮埃罗需要买些新衣服。"

"别相信她。"恩斯特一边说着，一边坐上驾驶座，打开引擎，"你姑妈知道我一向很仰慕她。"

皮埃罗转过头看到碧翠丝和恩斯特的眼神在后视镜中交汇。皮埃罗看见她微微一笑，脸颊泛起了红晕。车子启动后，他透过车后窗环顾四周。他看着那栋房子，直到它消失在视野里。这座房子真漂亮啊，金黄色的木质构架在绵延起伏的雪山中格外引人注目，让人着迷。

"我还记得自己第一次见它时的感受。"碧翠丝朝着他注视的方向望去，说，"我不敢相信它居然如此静谧。我很确定，这会是一个无比清净、安宁的地方。"

"是啊。"恩斯特压低声音，但皮埃罗能听见他说，"他不在的时候的确如此。"

"你住在这里多久了？"皮埃罗转过头看向他的姑妈，问道。

"嗯……第一次来到这儿时我34岁，算起来……噢，应该有两年多了。"

皮埃罗仔细端详着她。她真的美极了，一头红色长发在肩上微微卷起，白净的皮肤光洁无瑕。"所以你今年 36 岁了？"过了一会儿，他说，"这也太老了！"

"哈！"碧翠丝大喊了一声，随之大笑起来。

"皮埃罗，我们需要谈谈。"恩斯特说，"如果你想找女朋友，你先得知道该怎么和女生说话。你绝不能对一个女人说她看起来真老。在猜测年龄时，说出的年龄永远比你实际所想的小五岁。"

"我不想交女朋友。"皮埃罗被恩斯特的话吓了一跳，他立马回答道。

"你现在这么想，再过些年你可就不这么想喽。"

皮埃罗摇摇头。他记得安歇尔曾为他们班上一个女孩着迷。他不停地给她写故事、给她送花。当然，他和朋友们已经严肃地谈过这件事了，但他依然死心塌地。安歇尔被迷得神魂颠倒。但整件事在皮埃罗看来却是非常荒唐。

"恩斯特，你几岁了？"皮埃罗问，他往前靠了靠，把身子伸进前排两个座椅中的间隔，好看清司机的脸。

"我 27 了。"恩斯特回头看了皮埃罗一眼，说，"我知道这难以置信。我看起来就像个刚成年的男孩。"

"注意看路，恩斯特。"碧翠丝姑妈轻声地说，她的语气却流露出一丝笑意，"还有，皮埃罗，赶紧坐好。你这么坐着太危险了。如果我们不小心撞到——"

"你会和赫塔结婚吗？"皮埃罗打断了她，问道。

"赫塔？哪个赫塔？"

"那栋房子的女佣。"

"赫塔·泰森？"恩斯特惊恐地高音调问道，"噢！我的天！不！你为什么会这么想？"

"她说你英俊潇洒又幽默体贴。"

碧翠丝用手捂着嘴，大笑起来。"这是真的吗，恩斯特？"她问，语气中带有戏谑的意味，"温柔的赫塔真的爱上你了吗？"

"女人们总是轻易地爱上我。"恩斯特耸耸肩说，"我可背了不少风流债。她们对我一见钟情，然后就无法自拔。就是这么简单。"他打了个响指，接着说，"长得英俊难免会有些负担，你懂的。"

"看来谦虚对你而言也是种负担。"碧翠丝补充说。

"也许她是喜欢你的制服。"皮埃罗暗示道。

"每个女孩都喜欢穿制服的男人。"恩斯特说。

"也许吧，"碧翠丝评论道，"但可不是每一套制服都讨女孩喜欢。"

"你知道人们为什么穿着制服吧，皮埃罗？"司机继续说。

男孩摇摇头。

"因为穿着制服的人相信自己可以随心所欲地做任何事。"

"恩斯特。"碧翠丝轻声说道。

"与穿便服不同，穿上制服，他就可以妄自尊大、目中无人。肩章、风衣或是长筒靴——制服能让我们纵容内心的残暴而毫不感到愧疚。"

"恩斯特，别再说了。"碧翠丝语气十分坚决地说。

"你觉得我说的不对吗？"

"我知道你说的都对。"碧翠丝说，"但现在不是说这话的时候。"

恩斯特没有回答，默默地继续开车。反而皮埃罗的心里还惦记着恩斯特刚才的那番话，琢磨其中的深意。他其实不太同意恩斯特的话。他太喜欢制服了，一直梦想着拥有一套属于自己的制服。"山顶上还住着其他孩子吗？"沉默片刻后，皮埃罗问。

"没有了。"碧翠丝说，"但小镇上住着许多孩子。你马上就要开始上学了。在学校里，我相信你一定会交到不少朋友。"

"他们能上山顶玩儿吗？"

"不能，这可是男主人的忌讳。"

"我们得从现在开始互相照料，皮埃罗。"恩斯特坐在驾驶座上说，"我们是山顶上仅有的两个男人。那些女人欺负我的方式你是不敢想的。"

"但你都这么老了。"皮埃罗说。

"我可没那么老。"

"27 岁就老掉牙了。"

"如果他这样就老掉牙了，"碧翠丝问，"那我算什么？"

皮埃罗犹豫片刻，"活化石。"他咯咯地笑着说，碧翠丝也跟着大笑起来。

"噢！我的小皮埃罗，"恩斯特说，"你太不懂女人了。"

"你在巴黎有很多朋友吗？"碧翠丝问皮埃罗。他点点头。

"有好些朋友。"他说，"还有个死对头，他总欺负我个子小，还叫我'小皮皮'。"

"你会长大的。"碧翠丝说。恩斯特却同时开口说道："恃强欺弱的人无处不在。"

"在巴黎还住着我最好的朋友——安歇尔。他住在我家楼下。他是我在巴黎最想念的人。他还替我照顾着我的小狗达达尼昂，因为我没法把它带到孤儿院去。妈妈去世后，我和安歇尔一起住了几个星期。但他的妈妈却不想让我和他们住在一起。"

"为什么不想？"恩斯特问。

皮埃罗想了想，他原本打算复述那天在厨房意外听见的布朗斯坦太太和她朋友的对话，但他还是决定把这些话咽回肚子里。他还能想起当布朗斯坦太太发现他戴着安歇尔的圆顶小帽时，她一脸怒容的样子。还有她不假思索地拒绝他和他们一起去教堂的请求。

"安歇尔和我几乎形影不离。"他岔开恩斯特的问题说道，"我是说，他不写小说的时候，我们几乎形影不离。"

"写小说？"

"他长大后想成为一名作家。"

碧翠丝笑了笑。"你也想当作家吗？"她问。

"不，"皮埃罗说，"我试过几次，但我不是那块料。不过我也编过一些故事，或者说是和他说起过一些在学校里发生的趣事。他听完后，便会消失一个小时，等他回来时，就会递给我一沓纸。他总说虽然是他写的，但这是我的故事。"

碧翠丝一边用手指轻轻叩着皮座椅，一边思索着。"安歇尔……”沉默片刻后，她说，“我当然会记得是他妈妈给我写的信，是她告诉了我在哪里能找到你。对了，皮埃罗，你这个朋友姓什么来着？”

“布朗斯坦。”

“安歇尔·布朗斯坦。我明白了。”

皮埃罗注意到他姑妈的目光再次投向恩斯特的后视镜，眼神有些闪烁。恩斯特微微摇了摇头，表情有些严肃。

“这里的生活会很无聊吧。”皮埃罗垂头丧气地说。

“你不在学校的时候，生活同样会过得忙碌且充实。”碧翠丝说，“我肯定会给你找些活干的。”

“干活？”皮埃罗惊讶地看着她问。

“是的，当然了。山顶屋子里的每一个人都必须干活。你也不例外。工作能解放自我——这是男主人说的。”

“但我想我并不需要解放。”皮埃罗说。

“一开始我也是这么认为的，”恩斯特说，“但事实证明我们都错了。”

“够了，恩斯特！”碧翠丝厉声说道。

“我要干什么样的活呢？”皮埃罗问。

“我还不知道。”她回答，“男主人对此或许会有自己的想法。否则，就会由赫塔和我来决定。你可以在厨房给埃玛帮忙。噢！别这么担心，皮埃罗。这段时间里，每个德国人，无论男女老少，都有义务报效祖国。”

“但我不是德国人。”皮埃罗说，“我是法国人。”

碧翠丝扭头看着他，脸色铁青。"没错，你出生在法国。"她说，"你妈妈是法国人，这也没错。但你爸爸，也就是我的哥哥，是德国人。所以你当然也是一个德国人。明白吗？从今以后，你出生的那个地方，你最好连提都别提。"

"但是，为什么？"

"因为这样更安全。"她说，"还有件事我想和你谈谈。你的名字。"

"我的名字？"皮埃罗眉头紧锁，望着她问。

"是的。"她犹豫了，好像连她本人也不敢相信即将说出的这番话，"我觉得，我们不能再叫你皮埃罗了。"

他目瞪口呆，难以相信他刚刚听到的话。"但别人一直管我叫皮埃罗。"他说，"它……怎么说，也是我的名字！"

"但这是个十足的法国名字。我想，也许我们应该叫你皮尔特。它和'皮埃罗'是同一个意思，只不过是个更地道的德国名字。它们听起来也没什么不同。"

"但我不是皮尔特，"皮埃罗坚持说，"我是皮埃罗。"

"求你了，皮尔特——"

"皮埃罗！"

"你怎么就不相信我呢？当然，在你心里，你可以继续做皮埃罗。但是在山顶上，当你周围有其他人时——尤其是男女主人都在家时，你就是皮尔特。"

皮埃罗失落地叹了口气。"但我并不喜欢这样。"他说。

"你要明白我真的是为你着想。我把你接到这儿就是希望你能平平安安。这也是我唯一能想到的办法。你要听话，皮尔特。就算有时候我要你做的事情有些古怪，但你也必须听我的话。”

汽车继续朝山下驶去，车上的三人却一言不发。这是一场更为持久的沉默。皮埃罗想知道，新的一年到来前，他的生活会发生多大的变化。

“我们要去的那个小镇叫什么名字？”终于，他打破了这僵持着的沉默。

“贝希特斯加登。”碧翠丝回答，“我们快到了。再过几分钟就能到。”

“我们还在萨尔茨堡吗？”皮埃罗问。他记得那是别在他领口上的最后一个地名。

“不，我们离那儿大约 20 英里。”她回答，“看见你周围环绕的群山了吗，那是巴伐利亚阿尔卑斯山脉。”她朝左手边的方向指着，继续说，“那边，是和奥地利的边界线。”她又指着右边说，“还有那一边，是慕尼黑。你来这儿的路上经过了慕尼黑吧？”

“是的，”皮埃罗说，“还有曼海姆。”他补充道，脑海回想起那个在火车站踩着他的手指，并以此取乐的军人。“所以那边，”他伸出手指向远方，指向重山外的那片未知世界，继续说道，“一定是巴黎。那里有我的家。”

碧翠丝摇摇头，一把按住皮埃罗的手。“不，皮尔特。”她说着，转身抬头望着山顶，“你的家在那座叫上萨尔茨堡的山顶上。你现在住的地方，才是你的家。你不许再惦记着巴黎，恐怕在很长一段时间里，你都回不去了。"

碧翠丝这番话让皮埃罗失落不已。妈妈的音容笑貌浮现在他的脑海。他回想起和妈妈相依为命的日子。夜里他们紧挨着坐在火堆旁，妈妈专注地织着毛衣，而皮埃罗则依偎在她身旁，读手上捧着的书或是在素描本上涂涂画画。他也想念达达尼昂了，还有住在楼下的布朗斯坦太太。当他想到安歇尔时，手指便不自觉地比画出狐狸和狗的手语。

我想回家。他一边在心中默念，一边比画着只有安歇尔能懂的手势。

"你在干什么？"碧翠丝问。

"没什么。"皮埃罗没有多说，只是默默地把手收回来，扭头看向窗外。

不久，他们来到贝希特斯加登集镇。恩斯特把车停在了一个僻静的角落。

"你们会逛多久？"他转身看着碧翠丝问。

"得好一会儿呢。"她说，"得给他买衣服还有鞋子。也许还需要给他理理发，你觉得呢？我们得让他看起来多一些德国范儿，少一些法国味儿。"

司机打量了皮埃罗一会儿，点点头说："我同意。他的样子越得体，对我们所有人越有利。不知道他接不接受，不过我想他总会想开的。"

"谁会想开？"皮埃罗问。

"两个小时，差不多了。"碧翠丝姑妈装作没听见，对司机说。

"好的，没问题。"

"你什么时候……"

"中午以前。会议大约只需要一小时。"

"你要去参加什么会议？"皮埃罗问。

"没什么会议要参加的。"恩斯特回答。

"但你刚刚说——"

"皮尔特，嘘！"碧翠丝恼怒地说，"没人教过你不要偷听别人说话吗？"

"但我就站在这儿！"他委屈地抗议道，"我耳朵没聋，怎么会听不见你们说话？"

"没关系。"恩斯特转身看着男孩，笑着说。"你喜欢开车吗？"他问。

"嗯，喜欢。"皮埃罗说。

"但愿有一天你也能学会开车，也能开辆像这样的车。"

皮埃罗点点头。"我会的。"他说，"我喜欢车。"

"好的，如果你愿意的话，我可以教你开车。这也算我能帮上你的一点儿小忙了。作为回报，你愿意帮我个忙吗？"

皮埃罗转过头看了看他的姑妈，但她却缄口不言。

"我试试看。"他说。

"光试试，怎么能行。"恩斯特说，"我想让你向我保证。"

"好吧，我保证。"皮埃罗答应了，"保证什么呢？"

"你的朋友，安歇尔·布朗斯坦。"

"关他什么事？"皮埃罗不解地问。

"恩斯特……"碧翠丝突然走上前，急促不安地说。

"让我说完，碧翠丝。"司机第一次严肃地说道，"我想让你保证，以后绝不在山顶的屋子里提到安歇尔的名字。听明白了吗？"

皮埃罗目不转睛地望着眼前这张已然动怒的脸。"但是，为什么？"他问，"他是我最好的朋友。从出生开始，我们就在一起玩儿。他就像我的兄弟一样。"

"不！"司机厉声说，"他不是你的兄弟！以后不许再说这样的话！如果你心里非得这么想，别人管不着。但这样的话你绝对不能说出口！"

"恩斯特说得对。"碧翠丝说，"为了你自己着想，不要再提到你的过去了。当然，你可以把这些美好的回忆放在心里，但绝对不可以说出来。"

"不能提自己的朋友，不能用自己的名字。"皮埃罗心灰意懒地说，"还有什么不能做的，通通告诉我吧。"

"没了，都告诉你了。"恩斯特对他笑着说，"你只要遵守这些约定，总有一天我会教你开车的。"

"好吧。"皮埃罗一字一顿地说。他心里想眼前这个男人想法真怪。对于一个每天必须数次往返曲折山路的司机来说，这可不是什么好品质。

"两小时后见。"恩斯特对着正准备下车的两人说。

皮埃罗一下车便自顾自地往前走。他一回头，看见恩斯特体贴地扶着正下车的姑妈，他们四目相对，但眼里已然没有了笑意，只剩下焦虑。

　　集镇里熙熙攘攘，一路上碧翠丝和不少熟人打了照面，她一一向他们介绍着皮埃罗，说这是她侄子，最近才搬来和她一起住。集镇里的士兵随处可见。才一大清早，就有四个士兵坐在一家小酒馆门外，抽烟喝酒。但当他们察觉到碧翠丝来了，他们便立马甩掉手中的香烟，"嗖"地站了起来。其中一个站得笔直的士兵试图用自己的头盔遮住面前的啤酒杯，无奈杯高帽矮。皮埃罗的姑妈若无其事地走过他们，连看都没看他们一眼。为什么姑妈的到来竟然能让他们如此张皇？男孩百思不解。

　　"你认识那些士兵吗？"他问。

　　"不认识。"碧翠丝说，"但他们认识我。他们担心我会把他们巡逻时喝酒的事捅到男主人那儿。他们总是趁男主人不在时懈怠。嗯，我们到了。"话音一落，皮埃罗发现自己正站在一家服装店门前。"这些衣服你觉得怎么样？"

　　接下来的几个小时里，皮埃罗简直度秒如年。碧翠丝总是让他试穿传统德国男孩的衣服——白色衬衣，棕色背带皮短裤，还有外穿的及膝长袜。之后，他又被带到一家鞋店，在那里量了鞋码，又被迫在众目睽睽之下试穿一双又一双新鞋，在店里走来走去。等他们回到第一家店时，裁缝已经把衣服改好了。皮埃罗又得一件一件地再试穿。皮埃罗被碧翠丝和店员环绕着，他穿着新衣服站在店铺中央，左转转，右转转，耳边全是她们恭维的话语。

他觉得自己像个傻子。

"我们现在可以走了吗？"碧翠丝掏钱付账时，他问。

"当然。"她回答，"你是不是饿了？我们要不要先吃个午饭？"

皮埃罗想都没想，一口答应了。他告诉碧翠丝自己胃口挺大的，还容易犯饿。碧翠丝听后大笑了起来。

"真是有其父必有其子。"她告诉他。

他们走进一家咖啡馆，点了一碗汤和两份三明治。"我可以问你一些事情吗？"他问。碧翠丝点点头。

"当然可以。"

"为什么我小时候从来没有见过你？"

碧翠丝没有马上作答，而是思量着，等到食物上桌后才开口。"你父亲和我，从小就不太亲近。"她说，"他比我大一些，我们几乎没有共同语言。但自从他上了大战的战场，我没有一刻不挂念他、担心他。他给家里写过信。有的信有条有理地讲述着他自己的近况，有的信却语无伦次。有一次，他受了重伤，你知道的吧……"

"不！"皮埃罗惊愕地说，"我不知道。"

"噢，原来如此。居然没人告诉过你。一天夜里，英军突袭，他们被打了个措手不及。战壕里几乎所有人都战死了。你父亲尽管肩上中了弹，但他却奇迹般地死里逃生。这枚子弹再稍微往右一些，可能就要了你父亲的命。他躲进了附近的一片树林里，眼睁睁地看着英军从他藏身的那座战壕里把最后一个幸存者拽了出来——那是个不幸的年轻人。一开始，英军还在为如何处置这个战俘争得热火朝天，突然一个英国士兵拔出手枪，瞄准他的脑袋扣下扳机。

当时你父亲失血过多，还受了很大的刺激。他们本打算将他送到医院静养几周，原本这样，他就能永远地离开战场。但等稍微康复一些时，你父亲却坚持回到了前线。"她谨慎地打探四周，防止隔墙有耳。但她还是尽量压低声音，用一种近乎耳语的音量说，"肉体的伤病，再加上那晚发生的一切，在他的心里留下了巨大的阴影。这些才是他从此一蹶不振的原因吧。从那以后，他就像变了个人似的。他性情变得暴躁，发了疯似的憎恨那些把德国推向战败的人。我劝他不要太偏激，但他却反过来指责我站着说话不腰疼。说什么我根本没见过那些场面，就别高谈阔论。为此我们大吵了一架。"

皮埃罗皱着眉头，似懂非懂。"难道你不是和父亲站在同一边吗？"他问。

"哦，我是站在他那一边。"她回答，"但，皮尔特，现在不是聊这些的时候。你还小还不懂事，也许我该等你长大些再和你解释的。我们得吃快点儿了，吃饱了赶紧回去。恩斯特还在等着我们呢。"

"但他应该还在开会。"

碧翠丝扭过头，盯着皮埃罗。"他没什么会议要参加的，皮尔特。"她语气急促，有些生气地说。皮埃罗从没听过她用这样的语气说话。"他把车停在哪儿，就会在哪儿等着我们。你明白我说的话吗？"

皮埃罗有些害怕，他点点头。"好吧。"他说。尽管他听得一清二楚，也没人凭借三言两语就能把他糊弄，但他还是决定不再谈起这个话题。

几周后的某个周六上午，皮埃罗被房子里的大动静吵醒。资历最深的女佣尤特正挨个床铺换上干净的褥子，还把房间门窗全都打开透气。赫塔更是忙上忙下，又是扫地，又是拖地。她那张脸比往常涨得更红了。

"今天你得自己解决早餐了，皮尔特。"当皮埃罗走进厨房时，厨师埃玛对他说。他看见白晃晃的烤盘摆得到处都是，一篓篓新鲜的蔬菜水果把剩下的那点儿空地都占满了。看样子，贝希特斯加登来的送货员已经来过一遭了。"我忙都忙不过来，可没有闲工夫再顾上你的早餐了。"

"你需要我帮忙吗？"他问。皮埃罗在这里住了一些日子，可从没像今天这样，一睁眼就觉得这么孤单。他总不能干坐着，一整天无所事事吧。

"太需要了。"她说，"但我需要的是一个专业的帮手。一个7岁的小男孩能帮上什么忙。也许等你再大点儿，你就能成为个好帮手。不过现在——"她从箩筐里捡起一颗苹果扔向皮埃罗，"接着，吃下它能顶好一会儿。"

经过走廊时，他看见碧翠丝姑妈正一边走，一边拿着夹纸板仔细核对手中的表格，在条目前打钩。

"发生什么事了吗？"他问，"为什么今天每个人都忙成一团？"

"男主人和女主人几个小时后到家。"她回答，"慕尼黑发来的电报昨天深夜才到，弄得大家措手不及。也许你现在应该找个地方待着，而不是站在这儿挡路。对了，你洗澡了吗？"

"昨晚洗过了。"

"好的。要不你坐在大树下看看书？现在可是春暖花开的季节。哦，对了……"她从夹纸板下抽出了一封信，交给皮埃罗。

"这是什么。"他诧异地问。

"是封信。"她稍稍正色地说。

"给我的？"

"是的。"

皮埃罗惊讶地看着它。到底会是谁给我写信呢？

"是你的朋友安歇尔寄来的。"碧翠丝说。

"你怎么知道。"

"我当然知道，因为我拆开看过。"

皮埃罗皱着眉。"你偷看我的信？"他问。

"这是为你好。"碧翠丝说，"相信我，我所做的一切都是为你着想。"

他走上前，一把接过信。果然，信封被打开过。他把信取了出来。

"你得给他回信。"碧翠丝接着说,"最好今天就回。然后告诉他以后别再给你写信了。"

皮埃罗始料未及地看着她。"但是为什么?"他问。

"我知道这么做很无情。"她回答,"但这个……这个叫作安歇尔的男孩寄来的信会把你、我,把我们都卷入无法预计的麻烦之中。如果他的名字叫弗朗兹,或者海因里希,或者马丁,那一切都无所谓了。但如果是安歇尔,那他的名字就绝对不能出现在这间屋子里。"她摇着头说,"这里容不下一个犹太男孩寄来的信。"

晌午前,一切都还静谧、安详。皮埃罗正在院子里踢球,尤特和赫塔正懒洋洋地靠在屋后的长椅上,一边吞云吐雾,一边闲聊着。但这一切似乎只是暴风雨前的安宁。碧翠丝跑出房门,终于在屋后发现百无聊赖的两人。

"瞧瞧你们,趴在这儿一副无所事事的样子。"她生气地说,"镜子还没擦干净,壁炉也还脏得很,上乘的毛毯还搁在阁楼里。"

"我们就休息了一会儿。"赫塔叹了口气说,"工作累了就得休息一下,你说是吧?"

"才不是!埃玛说你在这里已经晒了半小时的日光浴了!"

"埃玛这个告密鬼。"尤特轻蔑地双手抱臂,把头扭向群山的方向。

"我们也知道埃玛干的'好事'。"赫塔添油加醋地说,"额外的那些鸡蛋都去哪儿了;储藏室里的巧克力怎么一天比一天少;

还有她和那个叫罗塔尔的牛奶贩的私下的勾当，就更别提了。"

"我没工夫听你们嚼舌根。"碧翠丝说，"在男主人回来前，把所有事情都干完比什么都重要。你们现在这样，倒是逍遥自在，可我却像幼儿园阿姨一样，围着你们团团转。"

"这话也没错，那个让人操心的小孩不就是你带来的吗。"赫塔一时嘴快，惹得碧翠丝怂然作色，两眼直勾勾地瞪着她。

这边的争吵声吸引皮埃罗走了过去，他想看看究竟是哪一方占了上风。碧翠丝看见他站在那儿，便抬起手指着屋子。

"进去，皮尔特。"她说，"把你的房间收拾干净。"

"好吧。"他嘴上答应着，却偷偷躲在角落后，期待能偷听到他们接下来的对话。

"你知道那孩子经历了什么吗？"她问，"父亲卧轨自杀，母亲因为肺结核病故。无亲无故的他只能被送到孤儿院。他来到这儿后，给你带来了丝毫不便吗？没有！他一定还沉浸在父母双亡的悲痛中。他有因此无礼或冒犯过你吗？没有！说真的，赫塔，我希望你能稍微体谅一些。你也知道生活的不易。所以你应该能理解他的处境。"

"抱歉。"赫塔低声喃喃道。

"大点儿声。"

"我说，我很抱歉。"赫塔的声音比之前稍微大了点儿。

"她说她很抱歉。"尤特附和了一句。

碧翠丝点点头。"好吧。"她的语气稍微缓和了些，说道，"事不过三，咱们以后别把时间浪费在无谓的争吵上，更不许偷懒。你一定不想这样的事传进男主人的耳朵里吧？"

碧翠丝话音刚落，两个女孩吓得赶紧站了起来，把烟扔在地上用鞋踩灭，又掸了掸围裙。

"我一定把镜子擦得发亮。"赫塔说。

"我一定把壁炉打扫得干干净净。"尤特说。

"很好。"碧翠丝说，"我去把毛毯搬下楼来。赶紧的，他们马上就到。在主人回来前，一切都必须井井有条。"

碧翠丝走回屋子，正好撞见皮埃罗冲了进来，他从走廊里拿了一把扫帚，准备带回自己的房里。

"皮尔特，"碧翠丝说，"我亲爱的好侄子，能不能帮我把我的衣柜里那件羊毛衫拿过来呢？"

"好的。"他说着，把扫帚靠在墙上，走向走廊的尽头。此前，他去过一次姑妈的房间。那是他刚住进来的第一周，姑妈带他参观整座屋子。姑妈的房间并不新奇，屋内的摆设和他的并无二致，无非就是一张床、一个衣柜、一张屉厨、一把水壶和一只碗。当然，姑妈的房间是除了主卧以外最大的卧房了。

他打开衣柜，取出羊毛衫。刚准备走，却突然发现一件之前从未见过的东西——一幅裱起来挂在墙上的合影。照片里是他的爸爸和妈妈，他们手里还怀抱着一个襁褓中的小婴儿。埃米莉对着镜头笑容灿烂，而威廉却低着头，若有所思地望着孩子。这个孩子当然就是皮埃罗。照片中的他正在襁褓中做着香甜的梦。照片的右下角印着拍摄日期——1929 年，还有摄影师的名字和摄影地——马修斯·雷因哈特作品，蒙马特。皮埃罗清楚地记得蒙马特在哪儿。他还记得自己站在圣心教堂的石阶上，听妈妈回忆往事。1919年大战结束不久，妈妈还是个青涩的小姑娘，她满怀期待地去蒙马特，瞻仰阿密特主教为大教堂祝圣[1]的场景。她还喜欢在跳蚤市场四处逛逛，欣赏艺术家们在街边作画。有时，她、威廉和皮埃罗会逛上一整个下午。饿了，就吃些街边甜点，然后再回家。那时，爸爸还没有变得歇斯底里；那时，妈妈还没有生病。但一家三口其乐融融的日子，早就一去不复返了。

皮埃罗离开房间，四处寻找碧翠丝，但却一直不见她的踪影。他试着喊了喊碧翠丝的名字，没想到她竟十万火急地从前厅赶来。

"皮尔特！"她厉声说，"以后不许这样！不许在这间屋子里乱跑，或是大吼大叫！男主人最忌讳噪声。"

"可是他'只许州官放火，不许百姓点灯'。"埃玛从厨房里走了出来，用抹布擦干湿漉漉的双手，说道，"稍有些不顺心的地方，他就会把气全撒在我们身上，不是吗？要有什么不如意的事，他准会扯破嗓门儿对我们大吼大叫。"

碧翠丝觉得她是昏了头才会说出这样的话，于是扭头瞪了她一眼。"再这么口无遮拦，小心你性命不保。"她说。

"你的职位可不在我之上，"埃玛指着她说，"所以别一副居高临下的样子。别忘了，厨师是和管家平起平坐的。"

"我并没有居高临下，埃玛。"碧翠丝似乎已经疲于这样的对话，她无奈地说，"我只是想提醒你，祸从口出。你可以在心里这

---

[1] "祝圣"是天主教开展的一项活动，主要是传扬基督的福音。

么想，但千万别说出来。难道我是这栋房子里唯一有理智的人吗？"

"我从不说违心话。"埃玛说，"现在如此，将来一样也是如此。"

"好吧，好吧。那就在男主人面前说这些话试试，看看自己会落个什么下场。"

埃玛"哼"了一声，她极力想隐藏的那丝恐惧最终还是暴露了。她是不会以身试法的。皮埃罗开始害怕起这个素未谋面的男主人。看起来每个人都惧怕他的威严，但他却那么好心同意收留皮埃罗。他感到疑惑不解。

"那个小男孩呢？"埃玛四处张望说。

"我在这儿。"皮埃罗说。

"原来在这儿啊。你这个小不点儿，怪不得我总是找不到你。是时候该长大了。"

"埃玛，你想干什么？"碧翠丝问。

"别担心，我可不会伤害他。只是他让我想起那些小……"她一手扶额，拼了命想挤出那个词来。"那本书里的小人叫什么名字来着？"她问。

"什么小人？"碧翠丝问，"什么书？"

"哎呀！"埃玛着急了，"就是那本书，书里讲一个男人来到了一座全是小人的海岛，结果被那群小人绑了起来，然后……"

"利立浦特人。"皮埃罗打断她说，"就是《格列佛游记》里写的利立浦特人。"

两个女人都诧异地看着他。"你是怎么知道的？"碧翠丝问。

"我读过。"他耸了耸肩，"我朋友安歇——"他停下来，又纠正说，"巴黎时住在我家楼下的那个男孩，他有一本。在孤儿院的图书室里也有一本。"

"得了，别炫耀了。"埃玛说，"之前我告诉过你，也许会给你找些活儿干，现在我帮你找到了。你不晕血，对吧？"

皮埃罗望了一眼姑妈，不知道自己到底是该跟着她还是跟着埃玛。碧翠丝接过羊毛衫，并示意他跟着埃玛。厨房从一大清早就烤着各式各样的甜品。一走进厨房，皮埃罗就被一股诱人的浓香包围。这香味混合着水果的清新、白糖的香甜，还有鸡蛋的鲜美。他迫不及待地走近桌前，但所有盛放珍馐美味的盘子，全都被一块块茶巾包裹了起来。

"看也没用，你又不能吃。"埃玛指着他说，"如果我回来发现少了些什么，你逃也逃不掉。皮尔特，我可数得一清二楚。"说着，他们又走出厨房，来到后院。皮埃罗四处张望。"看见那些小东西了吗？"她指着一笼鸡问。

"看见了。"皮埃罗说。

"仔细看看，挑出最肥的两只。"

皮埃罗走了过去，认真地打量着它们。一些鸡就站在那儿，一动不动。有的胆小鬼害怕得躲到其他同伴身后，还有一些正在地上啄食。加起来，笼子里少说也有十来只。"那一只。"皮埃罗朝着一只鸡点点头说。那只鸡似乎已经对生活失去了兴趣，它百无聊赖地静坐在地，东瞅瞅、西看看的。"还有那一只。"他指着那只横冲直撞的鸡说。

"很好。"埃玛说着，用手肘把皮埃罗推开，走上前掀开鸡笼盖。鸡都吓得"叽叽"直叫，她利索地走向前，一把捉住那两只鸡的腿，把它们拎出鸡笼。她站起身来，一手拎着一只鸡。那两只鸡就这样倒挂在她手上。

"把盖子关上。"她朝鸡笼点点头说。

皮埃罗照她说的做了。

"好的。现在，跟我来。剩下的这些鸡可不愿意看到接下来发生的事情。"

皮埃罗一蹦一跳地跟在埃玛身后。她究竟要做些什么呢？皮埃罗十分好奇，这会是这些天来发生的最有意思的事情了。也许他们要去和这两只鸡做游戏，或者让这两只鸡赛跑，看看哪一只跑得更快。

"拿着这个。"埃玛说着，把那只已经认命的鸡交给皮埃罗。他不情愿地接过，拎着它的脚，想让它尽可能地离自己远一点儿。这只鸡还试着扭头看他，他吓得扭来扭去，把头扭向一边，生怕鸡啄伤他。

"你这是要干吗？"他不解地问。他看见埃玛走向一棵及腰的树桩，把鸡侧着，将它的身体紧紧地按在被锯得光亮的截面上。

"看好了。"她说着，伸手拾起一把短柄小斧。皮埃罗还没反应过来，她竟麻利地把鸡的脑袋和脖子分了家。鸡原本挣扎的身体渐渐缓了下来，瘫死在地上。

眼前的一切吓得皮埃罗差点儿晕了过去。他踉跄地走到木桩边，本想倚着木桩缓一缓，结果一伸手，竟摸到那可怜的鸡洒下的一摊血。皮埃罗惊叫地倒在地上，一撒手放走了被他拎着的那一只。目睹了朋友惨死的结局后，这只鸡自然二话不说，拔腿就以最快的速度朝鸡笼跑去。

"赶紧起来，皮尔特。"埃玛走到他身边说，"要是男主人回来看到你这副样子，一定会宰了你。"

那只暂时幸免于难的鸡站在笼外，它害怕极了。鸡笼里也乱成一团，鸡都"叽叽"叫着，看着笼外那只迫切想飞回牢笼的同伴，它们却无能为力。这只鸡还惊魂未定，埃玛就已经走了过去，抓着它的小腿，把它拎到木桩上。和它的同伴一样，这只在劫难逃的鸡被摁在了木桩上，顷刻间毙命。皮埃罗眼睁睁看着它们，胃里却翻江倒海。

"你敢吐在这只鸡上试试，"埃玛挥着小斧说，"下一个脑袋搬家的就是你。听清楚了吗？"

皮埃罗不小心绊了一跤，抬头便看见"命案现场"——两颗躺在草地上的鸡脑袋，还有埃玛围裙上的血迹。皮埃罗冲回屋里，"嘭"地一声关上大门。他躲在房间，紧闭房门，但仍然无法阻挡埃玛的笑声。她尖厉刺耳的笑声和鸡挣扎的"呼救声"混在一起，汇聚在皮埃罗的耳边。这，是噩梦的声音。

接下来的几个小时里，皮埃罗躲在被窝里，写信告诉安歇尔自己刚才目睹的一切。他也见过无头鸡，巴黎生鲜店的窗户上总会挂着这么几只，这样的场景他已经见过无数次了。有时，妈妈手头宽裕了，也会买上一只。回到家，她便会坐在厨房里，将鸡毛拔干净。妈妈总说，如果省着点儿，这样一只鸡能够他们吃上一星期。
话虽如此，但他却从未见过宰鸡的过程。

当然，总要有人去杀鸡的。他试着说服自己，但这种残忍的行
为，他却难以接受。从记事起，他本能地厌恶各种各样的暴力，对
冲突也避犹不及。在巴黎时，同校的男孩们会因为一些鸡毛蒜皮的
小事而发生口角，还有人喜欢看热闹。当两人抡起拳头，挥向对方
的脸时，周围的"看客"不仅会围成一圈，以防老师发现，而且还
会在一旁煽风点火。但皮埃罗从来不去围观，他不明白居然会有人
以伤害他人为乐。

他告诉安歇尔，在对待鸡这件事上，他的态度同样如此。

安歇尔在信里说起不少事——巴黎的街道越来越容不下像他这
样的犹太男孩了；戈德布拉姆先生的那家烘焙店的窗户被砸得稀巴
烂，大门还被画上"犹太佬"的记号；他走在大街上，要是对面有
个非犹太人朝他走来，他就需要站在排水沟边让行。但皮埃罗的回
信里却没对安歇尔说的这些事进行太多回应。因为他想不通为什么
自己的朋友会被扣上这样的字眼儿，为什么他们会被欺负。

在信的结尾，他告诉安歇尔，在日后的通信中，他们得用上特
别代号。

我们绝不能让信落到敌人手里！所以从今以
后，安歇尔，我们不能在落款处写上自己的名
字。我们得用上在巴黎时互相给对方取的昵称。
记住，你的代号是狐狸，我的代号是狗。

皮埃罗走下楼时，尽可能离厨房远远的。他并不想看到埃玛处置那些鸡的尸体。经过客厅时，他看见姑妈正擦拭着沙发垫。客厅的视野棒极了，站在那儿能把上萨尔茨堡的风景尽收眼底。客厅的墙上垂挂着两面大红色的长旗，旗子中间的白色圆圈里绣着四角弯折的十字。皮埃罗绝不会忘记这个可怕的标志。他继续一声不吭地向前走，与端着玻璃盘子的尤特和赫塔擦身而过。她们头也不回，径直走进主卧。皮埃罗在走廊尽头停下脚步，心想着接下来该往哪里走。

他左手边的两扇大门紧闭着，但他还是走了进去。这是一间藏书室。他沿着书架走来走去，走马观花地看着这些书。他有些失望，这里并没有像《埃米尔和侦探们》那样光听名字就觉得有意思的书籍。书架上大多摆放着历史书，或者那些死人的传记。有一排书架上放着一打一模一样的书。那是男主人写的书。他随手取下一本，翻了一下，又放回书架。

后来，他注意到房间的中央那张四四方方的大书桌。桌面上是一幅摊开的地图，地图的四角被坚硬而光滑的石块压着。皮埃罗十分好奇，他走了过去，低头一看，原来是一幅欧洲大陆的地图。

他俯下身去，仔细辨认着。他用食指指着地图的中央，萨尔茨堡在地图上十分显眼儿。但山脚下那个叫作贝希特斯加登的小镇却不见踪影了。他的食指向左滑动，先是苏黎世，再到巴塞尔，接着就到了法国境内，再往左一些，就到了巴黎。他指着地图上的巴黎，心里想的全是故乡的模样。他闭上眼，回想起爸爸妈妈；回想起达达尼昂追逐着新鲜花香的样子；回想起和安歇尔一起躺在战神广场草地上的时光。

　　他陷入回忆中，竟丝毫没有察觉到屋外匆忙的动静，也没听见车子停稳的声音，更没听见恩斯特将车上的贵人扶下车时说的话。甚至，连人们向他致敬的声音，还有长筒靴踩在走廊上发出的，离他越来越近的脚步声，他都没有听见。

　　当他察觉到有人正注视着他时，他才猛地转过头来。他看见门外站着一个男人。这个男人个子不高，却披着一件厚重的灰色大衣，手臂下夹着一顶军帽，嘴上留着一撮短短的胡子。他盯着皮埃罗，不紧不慢、有条有理、一个手指接一手指地把手套脱了下来。皮埃罗的心"扑通、扑通"地跳着，立马认出他就是房间画像里的男人。

　　是男主人。

　　在他刚来时，碧翠丝姑妈就教过他不同场合的礼仪。他努力回想，试着分毫不差地遵照姑妈的指示。他站直身子，一只脚迅速而有力地向另一只脚靠拢，鞋后跟利索地踩在地上，发出"嗒"的一声。与此同时，他右臂伸直，抬到略高于肩膀的位置，五指并拢指向前方。接着，他用洪亮、自信且毫不含糊的声音，喊出那句来到贝格霍夫后就练习过无数次的话——

　　"希特勒万岁！"

第二部分

他坐在这片土地最重要的位置上，记录着元首的特别计划。终于，他成了元首的心腹。

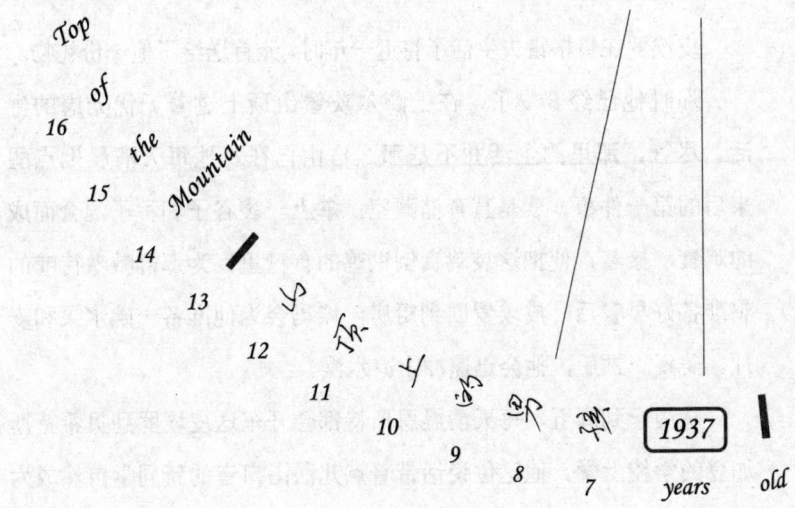

棕色包裹 ①

　　皮埃罗在贝格霍夫生活了将近一年时，元首送给了他一份礼物。

　　那时他已经 8 岁了，在上萨尔茨堡山顶上过着无忧无虑的生活。尽管，那里的生活并不是那么自由自在。他每天清晨七点醒来后的第一件事，就是直奔储藏室，拿上一袋谷子和种子混合而成的鸡食，接着，便把这袋鸡食倒进鸡的食槽里。为那群嗷嗷待哺的鸡准备好早餐后，皮埃罗回到厨房，埃玛会为他准备一碗水果和麦片。美餐一顿后，他会迅速冲个凉水澡。

　　从周一到周五，每天清晨恩斯特都会开车送皮埃罗到贝希特斯加登的学校上学。他这位说话带着点儿法国口音的新同学自然成为一些孩子嘲笑的对象。不过，皮埃罗的同桌卡塔琳娜却从来没嘲笑过他。

　　"别让他们欺负你，皮尔特。"她告诉他，"我最讨厌那些欺负人的浑蛋。你别怕，他们是群懦夫。无论如何，都别对他们低头。"

"这种欺负人的事儿到哪儿都有。"皮埃罗回答。他告诉她：在巴黎时，有个男孩管他叫"小皮皮"；在杜兰德姐妹的孤儿院里，也有像雨果那样的恶霸。

"所以你只需要对着他们大笑就好。"卡塔琳娜说，"你表现得毫不在乎，他们就对你没兴趣了。"

皮埃罗沉默了一会儿，然后才开口说出他掂量了许久的话。"你不觉得，"他小心翼翼地说，"欺负人会比被人欺负好得多吗？至少，这样就没人敢伤害你了。"

卡塔琳娜不可思议地看向他。"不！"她语气坚决，摇摇头说，"不，皮尔特，我从来没这样想过。"

"嗯，"皮埃罗把目光转向别处，迅速回答说，"我也不会这样想的。"

傍晚时候，他可以随心所欲地在山上闲逛。山上始终气候宜人、日光温煦，新鲜的空气中还弥漫着松针的清香。他几乎每天都会在室外玩耍。有时他会爬树，有时甚至还会大胆走进森林里探险。然后，凭着一路上留下的足迹、辨识标记和沿途的天象返回。

他已经不像从前那样想念妈妈了。不过，爸爸偶尔还是会出现在他的梦里。在梦里，爸爸总是穿着一身军装，肩上掮着一杆步枪。他也不像从前那样积极地给安歇尔回信了。自从皮埃罗在回信中建议他俩应该使用代码，安歇尔的来信里就再也没有出现过自己的名字，取而代之的是狐狸的标志。久未动笔的皮埃罗觉得有些愧疚，他不想让自己的朋友失望。但每当读起安歇尔在信中告诉他巴黎发生的那些事时，他都无言以对。

元首偶尔出现在上萨尔茨堡。但他每次出现，都会带给所有人巨大的恐惧和沉重的工作负担。尤特在一天晚上不辞而别，取代她的是一个叫作威廉敏娜的女孩。这女孩总是咯咯笑个不停，每次元首到家时，她总是走错房间，着实有些傻气。皮埃罗发现希特勒总会时不时地注视着她。个中缘由，埃玛，这个从 1924 年起就在贝格霍夫当厨师的女人，竟觉得自己能猜出几分。

"皮尔特，我刚开始在这里工作时，"一天上午吃着早餐时，她把门关上，并压低声音对皮埃罗说，"这栋房子还不叫贝格霍夫。是主人来以后，才给它取了这个名字。一开始，这栋房子还是从汉堡来的温特夫妇名下的度假屋。当时，这房子的名字还是'瓦亨费德公馆'。温特先生去世后，他的太太就开始把这栋房子租给来这儿度假的人。这对我来说，可不是什么好事儿。因为一有新的住客，我就得琢磨他们喜好，根据他们的口味做菜。我记得，希特勒先生是 1928 年，带着安杰拉和格莉一块儿住进来的。"

"带着谁？"皮埃罗问。

"安杰拉和格莉，他的姐姐和外甥女。安杰拉曾经是这里的管家，就是你姑妈现在的职位。那年夏天，希特勒先生……哦，当然，那时他还不是元首，所以我们管他叫希特勒先生。希特勒先生竟然告诉我他不吃肉。我从没听过这么荒唐的事。但时间长了，我也学会了怎么准备他爱吃的菜。谢天谢地，他也没禁止我们吃自己喜欢的东西。"

这时，皮埃罗听见后院传来鸡嘈杂的叽叽声。听着声音，仿佛鸡们正巴不得元首把自己的饮食标准强加在每个人身上。

"安杰拉这女人，可不是颗软柿子。"埃玛坐着望向窗外，翻出尘封九年的回忆说，"似乎是因为她女儿格莉的关系，她和主人整天吵架。"

"格莉当时是个和我年纪差不多吗？"皮埃罗问，他的脑海中浮现出一个像他一样，喜欢在山顶东奔西跑的女孩。他突然想，倘若改天能邀请卡塔琳娜上山和他一起玩耍，那该多好呀！

"不，她当时比你大多了。"埃玛说，"看起来二十岁左右。有一段时间，她和主人非常亲近，甚至可以说是亲近过了头。"

"这是什么意思？"

埃玛摇摇头，她犹豫了一会儿。"没什么。"她说，"我不该说起这些事。尤其还是和你这个小毛孩。"

"为什么不能说？"皮埃罗问，他越发好奇起来，"求你了，埃玛，我发誓我绝不会告诉任何人。"

她叹了口气。皮埃罗看得出，她把这个秘密憋得很辛苦。"好吧。"她终于松口，"但如果你敢多嘴，看我不——"

"不会的！"他立马说。

"那就好，皮尔特。事情是这样的。当时纳粹党[1]在国会中赢得越来越多的席位，而主人那时已经是这支党派的领袖。他有一群狂热的支持者。格莉也沉醉在被主人关切的美好中。直到有一天，她厌倦了，对元首失去了兴趣，但元首还是那么仰慕她，一直追随

---

[1] 全称：民族社会主义德国工人党。

她的步伐。后来，她爱上了埃米尔，就是当时元首的司机。这样的爱情注定不会如意的。可怜的埃米尔丢了饭碗，逃过一死已经是万幸了。格莉为此伤透了心，安杰拉也因为这事儿发了好大脾气。但元首终究是没放她走。无论到哪儿，他都坚持让格莉陪在自己身边。可怜的格莉啊！整日闷闷不乐，性格也变得孤僻起来。我猜元首之所以这样关注威廉敏娜，就是因为他在她身上看见了格莉的影子。她俩长得有几分像，都有着丰满圆润的脸庞和漆黑的眸子，笑起来还会露出两个小酒窝。连傻里傻气的样子，都一模一样。说真的，皮尔特，她来的第一天，我就怀疑自己是不是见鬼了。"

皮埃罗还在思考着埃玛刚刚那番话，她已经站在灶台前，准备着今天的午餐。皮埃罗把自己的碗和汤勺洗干净，放回碗柜，接着便抛出最后一个问题。

"见鬼？"他说，"为什么这么说？她怎么了？"

埃玛摇摇头，叹了口气。"她去了慕尼黑。"她说，"是元首把她带到那儿的。他下令她必须寸步不离。有一天，她独自一人，被留在了摄政王广场的公寓里。她从元首房间的抽屉里找到了一把枪，她对准心脏扣下了扳机。就这样了结了自己。"

每当元首来到贝格霍夫时，爱娃·布劳恩总是伴其左右。按照规定，皮埃罗要称呼她为"小姐"。她大约二十岁出头，金发碧眼、身材高挑、衣着时尚。同一套衣服，皮埃罗从没见她穿过第二遍。

"你可以把这些衣服都扔了。"有一次，她在上萨尔茨堡待了一周，将要离开时，她对碧翠丝说。她打开衣柜，用手扫了一下挂在里面的裤子和裙子。"这些都是过季产品。柏林的设计师很快就会给我送来最新款。"

"要不要我把这些衣服送给穷人呢？"碧翠丝问，但爱娃摇摇头。

"不妥。"她说，"接触过我皮肤的衣服，不该再穿在任何德国女人身上，不管她们是穷还是富。所以，你只需要烧了它们。把这些衣服和其他垃圾一起都扔到后院的焚化炉里去。碧翠丝，它们对我已经毫无用处了。"

爱娃并没有注意过皮埃罗——当然，她的世界可是围着元首转的。偶尔，她会在走廊遇见皮埃罗，但她似乎把他当成了一只西班牙猎犬，一边拨弄他的头发或是挠挠他的下巴，一边说着一些譬如"亲爱的小皮尔特"或是"你是不是小天使呀？"这样让皮埃罗尴尬不已的话。他不喜欢这种高高在上的口吻。他也知道，在爱娃心中，自己说不定就是个干活的用人，也许还是个不受欢迎的访客，又或者只是一只宠物罢了。

一天下午，皮埃罗收到了元首送给他的礼物。当时，他正在离主屋不远的花园里和布隆迪玩耍。布隆迪是希特勒心爱的德国牧羊犬。

"皮尔特！"碧翠丝走出屋子，朝着皮埃罗挥手大喊，"皮尔特，快回来！"

"我正玩儿得开心呢！"皮埃罗扯着嗓门儿回答道，然后拾起布隆迪叼回的木棍，又朝它扔了过去。

"快回来，皮尔特！"碧翠丝又说了一遍。这次，男孩不情愿地跑向她。"每次我想找你，只要寻着狗吠声，准能找到。"

"布隆迪喜欢在山上玩儿。"皮埃罗咯咯笑着说，"姑妈，你觉得我可不可以请求元首别把布隆迪带去柏林。她喜欢待在这儿。"

"如果我是你，我可不会这么做。"碧翠丝摇摇头说，"你知道布隆迪和他一向形影不离。"

"但是布隆迪喜欢待在山顶上。我听说，布隆迪回到党总部时，就会被困在会议室里，哪儿也不能去。你一定也看得出她多么喜欢这里。每次车一停稳，她就立马跳了下来。"

"皮尔特，请不要这样问。"碧翠丝说，"我们不能向元首请求任何恩惠。"

"但这不是为我请求的恩惠！"皮埃罗坚持说，"这是为了布隆迪。元首不会介意的。我想，如果我亲自和他说——"

"看来，你们变得很亲近了，是吗？"碧翠丝问，她的语气中流露出一丝担忧。

"我和布隆迪吗？"

"你和希特勒先生。"

"你不是应该称呼他为元首吗？"皮埃罗问。

"当然，我指的就是元首。你们现在关系很亲近，没错吧？他在这儿的时候，你常常和他待在一起。"

皮埃罗想着碧翠丝姑妈说的这番话，当他意识到缘由时，他突然睁大了眼睛。"他让我想起了爸爸。"他告诉她，"他谈论起德国的历史和命运，谈论起他对德国人民引以为豪。他说话的方式让我想起了爸爸。"

"但他不是你爸爸。"碧翠丝说。

"是的，他不是。"皮埃罗承认，"毕竟，元首不会整夜喝酒。相反，他会把时间都投入到工作中，投入到为人民的福祉和祖国的未来奋斗的事业中。"

碧翠丝盯着他，摇摇头，说不出一句话来。她转头看向远处的群山，突然双手抱臂，打了一个寒战。皮埃罗心想她也许是着凉了。

"不管怎么说，"他心里还惦记着要赶紧回去继续和布隆迪玩耍，便说道，"找我有什么事吗？"

"找你的不是我。"碧翠丝回答，"是他。"

"元首？"

"是的。"

"你应该早点儿告诉我！"皮埃罗着急地喊道，"你明知道不能让他久等！"他担心自己会因此陷入麻烦，于是急忙跑进屋子里。

他飞快地跑到走廊，朝主人办公室奔去，差点儿撞到了爱娃。她刚从一侧的房间走出来，她伸出手，一把抓住皮埃罗的肩膀，紧紧地掐着皮埃罗，疼得他扭来扭去。

"皮尔特，"她厉声说，"我告诉过你别在屋子里乱跑！"

"元首要见我。"皮埃罗立马回答，并试图从爱娃的掌心里挣脱出来。

"他召见你了？"

"是的。"

"非常好。"她说着，抬头看了一眼挂在墙上的钟，"别耽误他太长时间，知道吗？晚餐马上就准备好了。在用餐前，我想给他放几张新唱片。音乐有助于他的消化。"

他马上从爱娃身边跑开，来到了元首的办公室前。他敲了敲那扇巨大的橡木门。直到屋内传来准许进入的指令，他才小心翼翼地推门进去。关上门，他径直走向办公桌，"嗒"的一声，先鞋跟并拢，然后伸直单臂，向眼前坐着的人致敬。虽然在过去一年里，这个动作，他已经重复过无数次，但在他看来，那却仍然是个庄重的仪式。

"希特勒万岁！"他用自己最洪亮的声音说。

"嗯，你来了，皮尔特。"元首说着，把钢笔盖上，起身走到桌前看着他，"你终于来了。"

"对不起，我的元首。"皮埃罗说，"我迟到了。"

"何以如此？"

他犹豫片刻。"噢，有人在屋外和我说话。仅此而已。"

"有人？谁？"

皮埃罗张了张嘴，又把话咽了回去。他担心这样的话说出来会使自己的姑妈陷入麻烦。但他转念一想，告诉自己说：这总归是她的错。于是，他说出了碧翠丝的名字。

"不要紧。"希特勒沉默片刻后，说，"既然你已经来了，就请坐下吧。"

皮埃罗直挺挺地坐在沙发边上，元首就坐在他对面的扶手椅上。这时，门外传来刺耳的刮擦声。希特勒瞥了眼，说，"让她进来吧。"皮埃罗立马站了起来，打开门。布隆迪轻快地跑进屋里，四处张望后便跑到主人脚下，慵懒地打了一个哈欠。"好孩子。"他俯下身来，伸手轻轻地拍着她说，"你们在外面玩儿得开心吗？"他问。

"是的，我的元首。"皮埃罗说。

"在玩儿些什么？"

"衔回猎物，我的元首。"

"你和她非常合得来，皮尔特。但我似乎不能驯服她。我心肠太软，没法管教她，这真是个难题。"

"她非常聪明，所以驯服她并不困难。"皮埃罗说。

"当然，她的品种决定了她是只聪明的狗。"希特勒回答，"她的母亲也很聪明。你养过狗吗，皮尔特？"

"是的，我的元首。"皮埃罗说，"是只叫作达达尼昂的小狗。"

希特勒笑了。"好名字，"他说，"大仲马的《三个火枪手》中也有一人叫这个名字。"

"不是的，我的元首。"皮埃罗说。

"不是？"

"嗯，亲爱的元首。"他接着说，"三个火枪手分别是阿托斯、波托斯和阿拉米斯。达达尼昂只是……嗯，他只是他们的朋友。虽然，他们都是火枪手。"

希特勒又笑了。"你怎么会知道这么多？"他问。

"我母亲非常喜欢这本书。"他回答，"达达尼昂还是只幼犬时，她给它取了这个名字。"

"它是什么品种？"

"这个……"皮埃罗皱着眉，回答道，"我想，应该每个品种都混杂着一些。"

元首脸上浮现出厌恶的表情。"我更推崇纯种狗。"他说，"你知道吗，曾经在贝希特斯加登镇上，居然有人问我，能不能让他那只杂种狗和布隆迪交配。他的请求简直荒谬无礼、令人作呕。"他用近乎嘲笑的口吻，发表了对这个荒唐点子的看法，"我绝不允许那低贱的杂种玷污了布隆迪高贵的血统。那你的狗现在怎么样了？"

皮埃罗正想告诉元首，达达尼昂在母亲死后就与布朗斯坦太太和安歇尔住在一起。但他突然想起碧翠丝和恩斯特曾经警告过他，绝对不能在主人面前提到他朋友的名字。

"他死了。"皮埃罗说道，他低下头，生怕自己的谎撒得太明显。他担心万一事情暴露，从此便会失去元首的信任。

"我喜欢狗。"希特勒并没有表现出任何悲悯，他继续说，"我最喜欢的狗，是只黑白相间的杰克·拉塞尔犬。它在大战时背弃英军，转而投奔德军。"

皮埃罗抬起头，疑惑地看着他。元首怎么看都不像是会喜欢逃兵犬的人。但他笑了笑，对着皮埃罗摇摇手指。

"你觉得我是在开玩笑吗，皮尔特？我说的可是千真万确。

我那只小杰克犬——我管他叫福克斯，或者小狐狸——可是英军的吉祥物。他们喜欢在战壕里养小狗。你看，他们多么残忍。这些小狗，有的是信使犬，有的是迫击炮侦察犬。狗能比人更快地听见炮弹来袭的声音。同样，他们的嗅觉也更灵敏，一旦嗅出了氯气或者芥子气，就会马上警示主人。这样一来，狗可成了他们的'救命恩人'。一天晚上，福克斯跳出战壕，跑进无人区。噢，让我想想……应该是在1915年。他像杂技演员一样，顺利地躲过炮火，跳进了我驻守的战壕。这很不可思议，对吧？他就这样跳进了我的怀里。之后的两年，他就一直陪在我的身边，从未离开。他比我认识的所有人更坚定、更忠诚。"

皮埃罗试着想象出一只小狗穿越火线的场景。他躲避枪林弹雨，爪子踏在被炸碎的两军士兵的四肢和脏器上，就这样投奔了德军。皮埃罗曾经听父亲说起过战争的故事。那般残酷的场景，他只要一想到就觉得恶心。"那福克斯后来怎样了？"他问。

元首的脸色阴了下来。"他被一个无耻之徒偷走了！"他咬牙切齿地说，"1917年8月，在莱比锡郊外的火车站，一个列车员曾经出价200马克买走福克斯。我告诉他，就算他出千倍的高价，我也绝对不会卖了福克斯。可就在列车出发前，我去了一趟洗手间。等我回到座位时，福克斯，我亲爱的小狐狸，不见了！被偷了！"元首撇着嘴、喘着粗气，提高音量愤怒地说。时隔二十年，他心中对偷狗贼的愤怒有增无减。"如果我逮住那个偷走小福克斯的家伙，你知道我会怎么做吗？"

皮埃罗摇摇头。元首身子前倾，示意皮埃罗再靠近他一些。皮埃罗也稍稍前倾，元首抬起手，在他耳边轻轻地说了三句话——每一句都十分简短，却毫不含糊。说完，元首坐回椅子，似笑非笑。皮埃罗坐回沙发，却一声不吭。他低头看着布隆迪，这小家伙眯着一只眼，眼珠子向上抬了抬，看了一眼，连眼皮都不动一下。皮埃罗很喜欢和元首待在一起，因为他总能让皮埃罗觉得自己受到重视。但此刻他却只想和布隆迪到屋外玩耍，把木棍扔进森林里。他只想肆意地奔跑着，奔向那根木棍，奔向无忧无虑的世界，奔向自己憧憬的生活。

"这个话题到此为止。"元首拍了拍座椅扶手，示意他想换个话题，"我有礼物要送给你。"

"谢谢，我的元首。"皮埃罗惊讶地说。

"这可是你这个年纪的男孩都梦寐以求的东西。"他指了指书桌旁的那张小桌上放着的棕色包裹，说道，"皮尔特，把它递给我。"

一听到"递"这个字眼儿，布隆迪马上抬起头来。元首大笑着，轻轻拍着她的脑袋安抚她。皮埃罗走上前，双手拿起包裹。他小心翼翼地递给元首。包裹的触感柔软。这里面装的会是什么呢？

"不，不是给我。"希特勒说，"我都知道礼物是什么了。这是给你的，皮尔特。快拆开，我保证你一定会喜欢的。"

于是，皮埃罗动手解开包扎包裹的绳子。他已经很久没有收到过礼物了，这份久违的礼物让他兴奋不已。

"承蒙您的厚爱。"他说。

"快打开。"元首回答。

绳子松散开后,棕色的包装纸也散成几瓣儿。皮埃罗把内包装拆开,里面是一条黑色的短裤、一件浅棕色的衬衣、几双鞋,还有一件深蓝色的束腰外衣、一条黑色领巾和一顶柔软的棕色帽子。衬衣的左袖口还绣着一个标志,是一道以黑色为底的白色闪电。

皮埃罗盯着包裹,眼里夹杂着焦虑与渴望。他想起火车上那些男孩也穿着相似的衣服。尽管自己手里这套与他们的设计不同,但都代表相同的权威。他记得,自己是如何被他们欺负,罗特富勒·科特勒又是如何偷走他的三明治的。他不确定自己是否想成为这样的人。但他转念一想,这群男孩无所畏惧,而且是属于某个组织——就像火枪手们那样。皮埃罗希望自己也变得无所畏惧,同时,也渴望着某种归属感。

"这些可不是一般的衣服。"元首说,"我想你一定听过希特勒青年团吧?"

"是的。"皮埃罗说,"我坐火车来上萨尔茨堡时,同车厢的男孩就是希特勒青年团的成员。"

"想必你对他们也略知一二。"希特勒回答,"我们纳粹党正大力推进祖国的事业。带领德国在世界范围内成就一番伟业是我的使命。而这些,我保证,总有一天会实现。而投身这项事业,宜早不宜晚。我对和你一样大或是稍年长些的男孩印象深刻。你们坚定不移地和我站在一边,支持我们的政策和纠正历史错误的决心。你能明白我的意思吧?"

"明白一些。"皮埃罗说,"我父亲曾经也说过类似的事。"

　　"很好。"元首说，"所以，我们鼓励年青的一代尽早入党。为此，我们建立了德意志少年团。从德意志少年团开始，磨炼年青一代为国家服务的能力和意志。事实上，你的年纪小了点儿，但我还是破格录取你。有朝一日，等你再长大一些，你就会成为德意志青年团的成员。青年团也为女孩们设立了一条分支，叫德意志少女联盟。设立这个分支组织目的是想提醒人们，绝对不要低估女性的价值，她们可是我们未来领袖的母亲。来，皮尔特，穿上你的制服，让我瞧瞧。"

　　皮埃罗眨了眨眼睛，低头看着眼前这套制服。"现在就穿吗，我的元首？"

　　"是的，不然要等到什么时候？回房间把衣服换好了，让我瞧瞧你穿上制服的样子。"

　　皮埃罗回到楼上自己的房间，逐一脱下鞋子、裤子、衬衣和工装，然后又换上刚刚收获的那套制服。这套制服很合身。最后，他穿上鞋，双脚并拢，又"嗒"的一声碰了鞋跟。这双新鞋发出的声音远比自己的那双更清脆、洪亮。皮埃罗转身照了照镜子，他看着镜中的自己，先前的焦虑刹那烟消云散。他有种扬眉吐气的感觉，觉得此生从未如此自豪过。他想到了科特勒，他终于明白拥有权力是如此美妙；他似乎也意识到，无论什么时候，从别人手中拿走东西的感觉，远比被别人抢走东西的感觉要好得多。

　　他走回元首的书房，兴奋之情溢于言表。"谢谢您，我的元首。"他说。

　　"别这么客气。"希特勒回答，"记住，穿上这身制服就意味着你必须遵守我们的规则，毕生致力于推进我党和祖国的事业。我们每一个人，活着的目的只有一个——复兴德国。现在，你还得做一件事。"他走到书桌旁，在一堆文件中翻出一张写满字的卡片。"过来，站在那儿。"他指着墙上垂挂的纳粹长旗说。这面鲜红色的旗帜，皮埃罗十分眼熟。旗子中间的白色圆圈里绣着四角弯折的十字。"现在，拿着这张卡片，大声地念出上面的句子。"

皮埃罗站在指定地方，先是在心底一字一句地默念卡片上的话语，然后提心吊胆地抬头看着元首。他内心正经历着前所未有的挣扎。他既渴望用最洪亮的声音大声宣誓，又有些排斥这些话语。

"皮尔特。"希特勒静静地说。

皮埃罗清了清嗓子，站直身子。"我在象征着元首权威的血色红旗前宣誓，"他开始说，"将毕生精力毫无保留地奉献给我们国家的救世主——阿道夫·希特勒先生。我做好了准备并愿意誓死效忠他。愿上帝保佑。"

元首笑着点点头，当他拿回了卡片时，皮埃罗希望他并没有注意到自己颤抖的双手。

"很好，皮尔特。"希特勒说，"从今天起，我只想看见穿着制服的你，明白吗？我还为你准备了三套制服，已经放在了你的衣柜里。"

皮埃罗点点头，朝希特勒敬了个礼后，便离开了他的书房。在走廊走着，身上的制服让他倍感自信。他甚至有种错觉，好像自己穿上制服，就立刻长大成人了。他对自己说：从此以后，自己就是德意志少年团的成员了。而且，他还不是普通的成员。他得意扬扬的是：这么多穿着制服的少年团成员，又有谁的制服是阿道夫·希特勒本人亲手送的呢？

爸爸会以我为豪的。他想。

经过一个转角，皮埃罗看见碧翠丝正和司机恩斯特站在墙角低声交谈。他只能听到只言片语。

"时机还未成熟。"恩斯特说，"不过，快了。如果事情到了一发不可收拾的地步，我保证会行动。"

"你明白自己要做的是什么吗？"碧翠丝问。

"当然。"他回答，"我已经和——"

他发现了皮埃罗，立刻打住。

"皮尔特来了。"他说。

"快看！"皮埃罗张开手臂大喊，"快看看我！"

碧翠丝看着他，竟一时语塞，许久才挤出一个笑容。"看起来真精神。"她说，"是个有模有样的爱国者，彻头彻尾的德国人了。"

皮埃罗咧嘴大笑，转头看向恩斯特。但他却面无表情。

"只有我还记得你曾经是个法国人。"恩斯特说罢，朝着碧翠丝扶了扶帽檐，便转身走出前门。他渐渐融入一片苍茫的森林之中，消失在了午后耀眼的阳光下。

鞋匠、军人和国王 ⑨

皮埃罗长到 8 岁时，和元首的关系已经相当亲近了。元首开始
关心起他的阅读来。他不仅允许皮埃罗自由进出他自己的藏书室，
甚至还会向他推荐一些自己喜欢的作家和书籍。他送给皮埃罗一本
十八世纪普鲁士国王——腓特烈大帝的传记，传记的作者是一个名
叫托马斯·卡莱尔的作家。但这册书太厚了，内页还布满了密密麻
麻的小字，皮埃罗甚至不确定自己是否能顺利读完第一章。

"他是一位伟大的勇士，"希特勒用手指指着封皮说，"一
位富有远见的智者，还是一位艺术的推崇者。我们为实现目标而
奋斗，我们为复兴家园而净化世界，这就是他为我们指明的完美
之旅。"

皮埃罗还读了元首自己写的书——《我的奋斗》。尽管它比腓
特烈大帝的传记更容易理解，但他同样无法领会这本书的内容。不
过，他对书中关于大战的部分特别感兴趣，因为就是那场大战让父
亲威廉伤痕累累。一天下午，他和元首带着布隆迪在山林里散步。

他很好奇地问起了元首的军事生涯。

"起初，我只是西线战场的通讯员，"他告诉皮埃罗，"负责法国和比利时边界据点之间的通讯。但后来，我先后加入了在伊普尔、索姆和帕斯尚姆的战斗。战争快要结束时，我在一次芥子气的突袭中差点儿瞎了眼。后来，我时不时回想起这件事，觉得与其眼睁睁地看着那次投降给德国人民带来的屈辱，还不如当时就被芥子气毒瞎了痛快。"

"我父亲曾经也在索姆战斗过。"皮埃罗说，"我母亲总说，虽然他没有在战争中死去，但就是战争夺走了他的生命。"

希特勒摆了摆手，意图否定这样的说法。"妇人之见。"他说，"为祖国的荣耀而牺牲应当感到骄傲和自豪。皮尔特，你应该尊敬那段环绕在你父亲脑海中的回忆。"

"但他自从退役后，"皮埃罗说，"就像变了个人。他做了一些可怕的事。"

"比如？"

皮埃罗并不愿意回想起父亲当时的所作所为。他低头看着地面，冷冰冰地述说那些令人心寒的场景。元首神色平静地听着他说完后，只是摇摇头，好像这一切都无关紧要。"我们总有一天要收回属于我们的东西 。"他说，"我们的土地、我们的尊严和我们的命运。记住：我们，是奋起抗争的一代，也会是大获全胜的一代。"

皮埃罗点点头。他已经忘记了自己是个法国人。他开始长个子，最近又收到两套量身定制的新制服。他开始确信自己就是德国人。就像元首曾经说的：总有一天整个欧洲都会臣服于德国，国籍的概念也会随之消失。"欧洲总有一天会一体化，"他说，"服从于同一面旗帜。"说着，他指着手臂上戴着的十字勋章说，"就是这面旗帜。"

元首去柏林前，从自己的藏书室里挑了一本书送给皮埃罗。皮埃罗小心翼翼地念出这本书的标题。"国际犹太人——"他一字一句地说，"世界上最重要的问题。亨利·福特著。"

"看名字便知，这是个美国人写的。"希特勒解释道，"但他熟知犹太人的本性，明白犹太人的贪婪，知道犹太人发财的勾当。依我看，福特先生不应该再制造汽车了，他应该去竞选总统。他是个能与德国达成共识的合作伙伴，是个能与我一起共事的朋友。"

皮埃罗收下了这本书。他试着不去想安歇尔是个犹太人，但他能肯定的是安歇尔并不是元首所描述的那种犹太人。他并没有立刻翻阅这本书，而是暂时把它锁进了床头柜里。随后，他又捧起了《埃米尔和侦探们》开始读。这本书，总能勾起他的思乡情绪。

几个月后，连绵的群山和上萨尔茨堡的山丘都笼罩在深秋的寒意里。恩斯特把布劳恩小姐从萨尔茨堡接到贝格霍夫。布劳恩小姐这次来，是为了迎接几位贵客。但埃玛拿到贵宾定制的菜单时，却难以置信地摇了摇头。

"依我看，他们可一点儿都不挑剔！"她挖苦道。

"他们向来依从最高规格。"爱娃说。她已经忙成一团，一边走一边催促着每个人："元首说，应该给他们……哦，皇室级别的待遇。"

"恺撒·威廉退位后，还有谁对皇室感兴趣。"埃玛低声嘟囔着，接着便坐下，开始写向贝希特斯加登的农场订购配料的单子。

"还好我今天在学校。"上午课间时，皮埃罗和卡塔琳娜聊起这个话题，"家里的每个人都忙得团团转。赫塔和安吉——"

"谁是安吉？"卡塔琳娜问。皮埃罗几乎每天都会和她"汇报"贝格霍夫的近况。

"是新来的女佣。"皮埃罗解释说。

"又请了一个女佣？"她摇着头，问道，"他到底需要多少个女佣？"

卡塔琳娜的问题让他有些不快。他喜欢卡塔琳娜，但却不能接受她对元首的嘲讽。"布劳恩小姐把威廉敏娜赶走了。"他皱着眉说，"安吉是来顶替她的位子。"

"那么元首在贝格霍夫又会围着谁转？"

"今天早上整座房子都乱七八糟的。"他岔开话题，自顾自地说。他曾经和卡塔琳娜说过格莉的故事，也说过埃玛猜测威廉敏娜让希特勒想起格莉。但皮埃罗开始后悔，自己不应该告诉卡塔琳娜这些事情。"为了把灰尘打扫干净，书架要清空；为了把灯具里里外外擦亮，所有灯罩都要被拆下来；每一张被单都要洗净、晒干、熨平，看起来像新的一样。"

"为了那些愚蠢的人，"卡塔琳娜说，"他们可真是煞费苦心。"

贵宾到达的前一晚，元首回到贝格霍夫，把房子上上下下都检查了一遍。他对大家辛苦劳作的成果很满意，这让爱娃松了口气。

第二天清晨，碧翠丝把皮埃罗叫到房间，仔细检查他的德意志少年团制服是否符合元首的标准。

"非常好。"她用赞许的眼光上下打量着皮埃罗，接着说，"你又长高了不少，我担心这套制服对你而言会不会还是短了些。"

突然有人敲了敲门，是安吉。她把脑袋凑了进来。"很抱歉，小姐。"她说，"但是——"

皮埃罗转过头，学着爱娃曾经那样，对着安吉粗鲁地打了一个响指，然后指着走廊说，"快滚！没看见我姑妈正和我说话吗？"

安吉吓得目瞪口呆，她愣了一会儿，又后退几步，静静地关上门。

"你没必要这样跟她说话，皮尔特。"碧翠丝姑妈说。她同样被皮埃罗的语气吓了一跳。

"为什么不行？"他问。尽管他也对自己刚才的强势感到诧异，但他却陶醉于这种服从感。"我们正在说话，却被她打断了。"

"但这样很粗鲁。"

皮埃罗摇着头，他不同意这种想法。"她只是个女佣。"他说，"而我，我是德意志少年团的成员。碧翠丝姑妈，你看我的制服！她得像尊敬军人或官员一样尊敬我。"

碧翠丝站起来走向窗边，望着远方的群山和眼前飘过的云朵。她双手扶着窗台，好像在努力控制自己的情绪，让自己尽快冷静下来。

"往后，你还是不要总和元首待在一起了。"终于，她转过身来，看着自己的侄子说。

"为什么？"

"他很忙。"

"就是这样一个大忙人，说在我身上看到了巨大的潜力。"皮埃罗自豪地说，"而且，我们会聊些有意思的事情。他很愿意听我说话。"

"我也愿意听你说，皮尔特。"碧翠丝说。

"那不一样。"

"怎么不一样？"

"你只是个女人。当然，祖国少不了女人。但德国的伟业，应该交给像元首和我这样的男人来完成。"

碧翠丝挤出一丝苦笑。"你，这是你自己的看法吗？"

"不。"皮埃罗有些迟疑地摇了摇头。这句话一说出口，他就觉得不太对劲。毕竟，妈妈也是女人，而且还是个能分辨利害的聪明女人。"这是元首告诉我的。"

"你现在已经是个男人了？"她问，"一个只有八岁的小大人？"

"再过几周，我就九岁了。"他说着，站直身板，生怕不能充分展现自己的身高，"而且你自己也说，我越长越高了。"

碧翠丝坐在床上，拍拍被子，示意皮埃罗坐在她身旁。"元首通常会和你聊些什么？"她问。

"聊些相当复杂的事。"他回答，"都与历史和政治有关。而且总统说了，女人的脑袋里——"

"跟我讲讲，我会尽力跟上你的思路的。"

"我们会讨论我们是如何被掠夺的。"他说。

"我们？我们指的是谁？你和我？还是你和他？"

"我们所有人，所有德国人。"

"我差点儿忘了，你现在是德国人了。"

"我有一个德国父亲，他决定了我生来就是德国人。"皮埃罗心存戒备地说。

"那么，我们被掠夺了什么呢？"

"土地和自豪。是犹太人抢走了这些东西。他们就快要占领世界了。尤其是在大战以后——"

"但是，皮尔特，"她说，"你别忘了，我们在大战中输了。"

"请不要在我说话的时候打断我，碧翠丝姑妈。"皮埃罗叹了一口气说，"你这是缺乏尊重的表现。我当然记得我们输了。但不可否认的是，战后签订的那些条约让我们受尽屈辱。协约国不会只满足于战胜，他们想让德国人跪着接受惩罚才甘心。当时的那些懦夫，居然轻易地向敌军交出赔款和土地。我们绝不会再犯这样的错误。"

"那你的父亲呢？"碧翠丝看着皮埃罗的眼睛问，"他也是懦夫吗？"

"他懦弱到极点，因为他轻易就让脆弱击垮了自己的灵魂。但我和他不一样，我很坚强。总有一天，我会重振费舍尔家族的

荣光。"他停了下来，看着碧翠丝，"姑妈，你怎么了？"他问，
"你怎么哭了？"

"没，我没哭。"

"你就是哭了。"

"我……我不知道，皮尔特。"她扭头看向另一边说，"我只
是累了。迎接贵宾的活儿，把我累得不行。有时，我在想……"她
有些犹豫，似乎不敢接着说下去。

"你在想什么？"

"或许我做了一个大错特错的决定。或许我不该把你接到这儿
来。我曾经以为自己做了正确的决定。我以为把你接到我身边，我
就能保护你。但日子一天天过去——"

这时，屋外又传来一阵敲门声。门刚要打开，皮埃罗就愤怒地
转过头去。但这一次，他不能再朝开门的人打响指了。房门打开，
布劳恩小姐正站在门外，皮埃罗立马跳下床，立正站好。而碧翠丝
还静坐在床上。

"他们来了。"布劳恩小姐激动地说。

"我应该怎么称呼他们？"皮埃罗和碧翠丝并肩站在迎宾的队
列里，他低声地问，语气中难掩兴奋，又流露出些许敬畏。

"殿下。"她说，"分别称呼的话，应该是公爵和公爵夫人。
不过，除非他们先问你话，否则不要开口说话。"

不一会儿，一辆汽车出现在山路的转角处。与此同时，元首从
皮埃罗身后走出来。所有人立刻立正站好，绷直身子，目视前方。

恩斯特将车子停稳熄灭引擎后，立即下车，将后车门打开。一位小个子男人扶着帽檐走下车来。他身上的西装似乎有些紧身。他四处望了望，却没见到乐队鸣号奏乐，他的表情既不解又失望。

"我习惯礼乐奏鸣的欢迎仪式。"他自言自语地嘟囔道。然后，他自豪地将手臂抬起，向元首敬了一个标准的纳粹礼。对这一刻的到来，他似乎期待已久了。

"希特勒先生。"他自如地从英语转换到德语，优雅地说，"我们终于见面了，很高兴见到你。"

"殿下，"希特勒笑着说，"您的德语说得真好。"

"先生过奖了。"他扶了扶帽檐，低声说，"你知道，英国王室……"他的声音越来越弱，似乎不知道该如何说下去。

"大卫，你不介绍一下我吗？"跟着他一起的那个女人，用带着美国口音的英语问道。她穿着黑色礼服，像是要去参加葬礼。

"噢，当然。当然要介绍你。希特勒先生，请让我向你介绍，这位是温莎公爵夫人殿下。"

公爵夫人优雅地问候着元首，元首同样对她的德语恭维了一番。

"哪里哪里，还是公爵殿下的德语说得好。"她微笑着说，"我的德语就差强人意了。"

介绍到爱娃时，她向前迈了一步，站得笔直地与来宾握手。她几乎行了屈膝礼，显然是怕自己有失礼节。两对夫妇在门前寒暄了一番，聊了聊天气，聊了聊贝格霍夫绝佳的视野，还有乘车盘山的体验。"有好几次我们差点儿下车离开。"公爵说，"恐怕没有人会喜欢晕车吧？"

"恩斯特是绝不会让您受半点儿伤害的。"元首瞥了一眼司机，回答说，"他知道您对我们是多么重要。"

"嗯？"公爵突然抬起头，好像才意识到自己正在和别人谈话，"你说什么？"

"请进屋里说吧。"元首说，"再为您沏上一壶茶，不知殿下意下如何？"

"如果有威士忌就更好了。"公爵说，"在这样的山顶上，品一瓶美酒是再美妙不过的事情了。沃利斯，你要一起吗？"

"好的，大卫。我刚才好好地欣赏了这栋房子，它可真美啊！"

"1928年，我和我姐姐发现了这栋房子。"希特勒说，"我们曾经在这里度过假。我很快喜欢上这里，正好价钱合适，我就把它买了下来。现在，只要是一有时间，我就会回到这里。"

"以我们的身份和地位，的确应该拥有一栋私人住宅。"公爵拉了拉衣袖说，"一个远离尘嚣的世外桃源。"

"以我们的身份和地位？"元首抬起一只眉毛问。

"没错，我们是尊贵的人。"公爵说，"当年，我还是威尔士亲王 [1] 时，我在英国也有一套这样的房子。这个世外桃源名叫贝

---

[1] 爱德华八世，继位前是威尔士亲王殿下。在位时，他的全称是大不列颠及北爱尔兰联合王国国王、英属海外各自治领的国王和印度皇帝。逊位后被其弟乔治六世封为温莎公爵。

尔维德城堡。那时，我们会在城堡里狂欢。对吧，沃利斯？我把钥匙扔了，试着把自己锁在里面。可不知怎么的，首相总能找到法子进去。"

"也许我们能帮助您重新找回从前自由自在的时光。"元首笑了起来，说，"请进，上乘美酒等您享用。"

"等等，这个小家伙是谁？"公爵夫人走过皮埃罗身边时，停下来问道，"大卫，你看他穿得多精神。他就像一个精致可爱的纳粹布偶。天哪！我真想把他带回家里，放在壁炉上。让人忍不住捧在手心。你叫什么名字，小可爱？"

皮埃罗抬头看了看元首。他朝着皮埃罗点点头。

"皮尔特，殿下。"皮埃罗说。

"他是管家的侄子。"希特勒解释道，"这个可怜的孩子是个孤儿，所以我便同意让他住在这儿。"

"看见了吗，大卫？"沃利斯转过头看向她的丈夫，"这是真正的慈悲，像基督般的仁慈。人们竟然不知道你还有这样仁慈的一面，阿道夫。我可以称呼你为阿道夫吗？当然，你也可以叫我沃利斯。人们没有看见庄重的制服和威严的军人仪表下深藏着的——一个真正饱含善心的绅士灵魂。恩斯特，你也是如此。"她转过头看向司机，朝着他的方向摇了摇手指说，"但愿你现在能看到……"

"我的元首，"碧翠丝突然走上前，出乎意料地、高声地打断了公爵夫人的话。她说，"您需要我为宾客准备一些酒吗？"

希特勒惊讶地瞪着她，不过他正因为公爵夫人的刚才一番话而心情大好，所以只是点了点头。"当然。"他说，"快去屋里准备，屋外越来越冷了。"

"是的，方才还说到威士忌。"公爵说着，便径直走进屋子里。几乎所有人都尾随在公爵身后。皮埃罗四处张望，惊讶地发现恩斯特还倚在车旁，他的脸色前所未有的苍白。

"你面色发白。"皮埃罗说着，然后开始模仿公爵的腔调，"在这样的山顶上，品一瓶美酒是再美妙不过的事情了。是吗，恩斯特？"

那天夜里，埃玛让皮埃罗将一盘点心端到书房。元首和公爵正在那儿深谈。

"啊，皮尔特。"看见皮埃罗走进，元首拍了拍两张椅子间的小茶几说，"把它搁这儿就好。"

"我的元首，尊敬的殿下，还有什么能为你们服务的吗？"他问。但他太紧张了，竟对着公爵称"我的元首"，对着元首称"尊敬的殿下"。这可把他面前的两个人逗得哈哈大笑。

"这可真不得了，"公爵说，"如果我来统治德国？"

"而如果我来统治英国？"元首回答。

听到这句话，公爵脸上的笑容却变得有些僵硬，他有些不安地上下推动着手指上的婚戒。

"这个男孩专门为你服务吗，希特勒先生？"

"不。"元首说，"您觉得我需要这样一个孩子来为我服务吗？"

"当然，每一个绅士都需要。至少，在房间的角落里也应该站着一个侍从。当你有需要的时候，听你的吩咐。"

希特勒思量了一会儿，又摇了摇头。他似乎难以理解面前这个男人烦琐的仪式感。"皮尔特，"他指着角落说，"站在那个角落。公爵来访期间，你就是名誉侍从。"

"遵命，我的元首。"皮埃罗自豪地回答。他站在门后的角落里，一动不动，甚至连喘气都不敢出声。

"你对我们真是太好了。"公爵点了一根烟说，"无论到哪儿，我们总是能被慷慨相待。这真是莫大的荣幸。"他俯身向前说，"沃利斯说得对——我真觉得英国人民应该试着了解你，这样他们就会发现其实你宽宏大量又平易近人。你知道吗？其实，你和我们有许多共同之处。"

"果真如此？"

"当然，我们都有使命感，并且对民族的命运抱以坚定的信念。"

元首没有接话，只是俯身向前为这位贵宾斟酒。

"依我所见，"公爵说，"对于我们两国而言，合作要远优于对立。当然，我指的并非是结盟，而是像我们和法国那样，两国间签订友好协约。尽管友好协约并不那么可靠。谁也不想让二十年前那场惨剧重演。无论是哪一方，都有太多无辜的年轻人在那场冲突中丧命了。"

"是的。"元首静静地说，"我也参加了那场战争。"

"我也是。"

"是吗？"

"是的，当然，不是在战壕里战斗。那时我还是王位的继承人。那时，我还有头衔。当然，我现在也有头衔。"

"但这个头衔已经不是您与生俱来的那个了。"元首说，"当然，我想这个头衔迟早还会改变。"

公爵警觉地看了看周围，好像在担心窗帘后藏了间谍。不过，他并没有留意站在角落的皮埃罗，毕竟他只是住在贝格霍夫的孩子，和自己并无利益纠葛。"你知道英国政府并不想让我到这儿来。"他低声窃语道，"我弟弟伯蒂也站在他们那边。这群人总是大惊小怪。鲍德温、丘吉尔，这群家伙总是一副剑拔弩张的样子。"

"但您为什么要听他们的呢？"希特勒问，"您已经不再是国王了。现在，您是个自由人，可以做任何想做的事。"

"我永远也不可能自由的。"公爵低落地说，"只要我在经济上还依赖他们，就不可能自由。你明白吗？我不可能就这样出去找份工作。"

"为什么不能？"

"你觉得我能做什么呢？在哈罗兹百货的男士柜台工作？开一家服装店？还是像这个小孩一样站着给人当侍从？"他突然大笑起来，指着皮埃罗说。

"您可以做任何踏实的工作。"元首平静地说，"当然，您贵为前任国王，这样的工作也许会委屈您的身份。也许还有其他的……可能性。"公爵摇摇头，完全不再理会元首刚刚的问题。元首笑了起来。"您可曾后悔退位？"

"从来没有。"公爵回答。但即便是皮埃罗都能感受到他言辞间的隐晦。"你知道，没有心爱的女人做我坚强的后盾，这个国王我当不下去。我在退位演讲里也是这样说的。但他们是绝不会允许她成为王后的。"

"您认为这是他们反对您的唯一原因？"元首问。

"难道不是吗？"

"不，我倒觉得是他们畏惧您。"他说，"就像他们畏惧我那样。他们知道在您心中，德、英两国一直是密切联系的伙伴。因为您的曾祖母，维多利亚女王，正是我们的末代皇帝威廉二世的祖母。而您的曾祖父阿尔伯特亲王来自科堡。德、英两国间有剪不断的血脉情缘，我们就像两棵同根生的橡树，枝繁叶茂、比邻而立、繁荣与共、生死相连。"

公爵沉默了，他思考一番后回答说："是有些道理。"

"他们剥夺了您与生俱来的权力！"元首拔高音调，愤怒地继续说，"您怎么能忍受这样的事！"

"木已成舟，"公爵说，"事到如今，我又能做些什么呢？"

"但谁又能料到未来会发生什么呢？"

"阁下此话怎讲？"

"用不了几年，德国就会发生翻天覆地的变化。我们会再次崛起，到时便是重新瓜分世界的良机。也许到那时，英国也会发生变化。我相信，您是个有远见的人。您难道不觉得，如果您和公爵夫人重新回到国王和王后的宝座，会给英国人民带来更大的福祉吗？"

公爵咬着嘴唇，眉头紧锁。"不可能了。"沉默了一会儿后，他开口说，"我有自己的生活。"

"一切皆有可能。您看看我——一个让德国人民团结一心的领袖，却出身布衣。我的父亲只是个鞋匠。"

"我父亲是国王。"

"我父亲是军人。"站在角落的皮埃罗脱口而出。开口的那一刻，他就已经后悔了，但说出去的话就像泼出去的水，想收也收不回来。这两个男人讶异地回头看着他，他们似乎已经忘记了皮埃罗的存在。元首愤怒地瞪着男孩，皮埃罗突然感到胃里一阵翻滚、绞痛，还伴随着阵阵恶心。

"所以，一切皆有可能。"过了一会儿，元首说。两个男人再次转过头看向对方。"如果还有一线希望，您会夺回本属于您的王位吗？"

公爵不安地看向四周，咬着指甲，打量着房间里的每一个人。然后又用手擦了擦裤腿。"这……当然，每个人都应该思考自己的职责，"他回答，"还有，以国家为重。任何人报效祖国的方式，自然都……都……"

他无助地抬头，就像一只期盼遇见善主的小狗。元首笑了。"我想我们都能理解彼此，大卫。"他说，"您不介意我叫您大卫，对吧？"

"哦……你知道，除了沃利斯，还有我的家人，没人这么叫我。虽然我的家人们，他们现在也不会这么叫我了。我已经很久没有他们的消息了。我一天会给伯蒂打四五个电话，但他从没接过。"

元首突然握起他的双手。"请原谅我，殿下，"他说，"我不该僭越行事。"他摇着头说，"或者也许有一天，我会再重新称呼您，尊敬的陛下。"

皮埃罗觉得自己好像睡了几个小时。他渐渐从梦中清醒，半睁着眼。他眼前一片黑暗，甚至还能听到呼吸声。有人正站在他面前，俯视着熟睡的他。他赶紧睁开眼，眼前是元首——阿道夫·希特勒的脸。他刚要站起来敬礼，却被元首一把推回床上。他从没见过元首如此愤怒的样子。这种恶狠狠的表情，比之前和公爵的谈话被打断时的样子更加可怕。

"你父亲是个军人，啊？"元首咬牙切齿地说，"比我父亲了不起？比公爵的父亲了不起？你以为他死了，就是比我更勇敢？"

"不，我的元首。"皮埃罗吓得不敢呼吸，喉咙发哽地说。他口干舌燥，心吓得"怦怦"直跳。

"我还能再相信你吗，皮尔特？"元首问。他低下身子，胡子快要碰到男孩的上唇。"你会让我后悔收留你吗？"

"不！我的元首。绝不会！我保证！"

"你最好别让我后悔。"他咬牙切齿地说，"任何背信弃义的人，绝对都吃不了兜着走。"

说完，他扇了皮埃罗两个耳光，便径直走出房间，"砰"的一声把房门甩上。

皮埃罗提起被子，低头看着自己的睡衣。他有点儿想哭。他居然干了一件只在年幼无知时才做的事。他不知道该如何向别人解释，只能暗自发誓：从今以后，绝对不会再让元首失望。

贝格霍夫的欢乐圣诞节 ①

战争已经持续了一年多，贝格霍夫的生活也发生了不少改变。元首待在上萨尔茨堡的时间越来越少了。即便元首在那儿，通常也只是和他的最高将领们在书房里密谈，有盖世太保、党卫军和国防军的首领。尽管希特勒偶尔还是会和皮埃罗交谈，但这些军机要处的首领们——戈林、希姆莱、戈培尔和海德里希——却更倾向于完全无视他。他渴望着自己有一天也能像他们一样身居高位。

皮埃罗快十一岁时，希特勒让他住进了碧翠丝的房间，而命令咕着，责怪皮埃罗不懂得感恩。

"这是元首的决定。"皮埃罗底气十足地说，甚至都懒得看埃玛一眼。

他越长越高，现在已经没人会再叫他"小皮皮"了。在山顶时，他坚持日常锻炼，他的胸肌也越发结实了。

"难道你是在质疑他的决定吗，埃玛？要是果真如此，那我们大可以找元首讨论这件事。"

"发生了什么？"碧翠丝走进厨房，察觉到两人之间紧张的气氛。

"埃玛觉得我们不应该交换房间。"皮埃罗说。

"我可没这么说。"埃玛转过身去，低声嘟囔。

"你撒谎！"见埃玛矢口否认，皮埃罗反驳道。他转过身去，察觉到姑妈脸上流露出的微妙又复杂的情绪。他当然想要个更大的房间，但他想让她知道，他有权住在更大的房间里。毕竟，这间房离元首的房间更近。

"你不会介意的，对吗？"她问。

"我为什么会介意？"碧翠丝耸耸肩问，"只不过是一间睡觉的屋子，没什么大不了。"

"你要知道，这不是我的主意。"

"是吗？我怎么听到了不一样的说法。"

"不是的！我只是和元首说，我希望自己卧室的墙能挂得下一张巨幅欧洲地图，就像你房间的墙那么大，仅此而已。这样我就可以跟进我军横扫大陆，击败敌军的进展。"

碧翠丝大笑了起来。但皮埃罗感觉得出，这并不像是被逗乐时发出的笑声。

"如果你想的话，我们随时可以换回来。"他低头看着地板，平静地说。

"没关系，"碧翠丝说，"既然已经搬了，再把东西都搬回去是在浪费大家的时间。"

"很好。"他说着，抬起头笑了笑，"我知道你会同意的。埃玛总是喜欢嚼舌根，不是吗？依我看，这些帮佣都应该闭上嘴，好好干活。"

一天下午，皮埃罗来到藏书室，想找本书打发时间。他用手指滑过紧紧排列在墙上的书脊。他逐一审视着，这一本讲德国历史，那一本讲欧洲大陆史，还有这一本记录了历史上犹太人犯下的所有罪行。这本书的旁边是一篇论文，文章谴责《凡尔赛和约》，认为它是一部对祖国极度不公的条约。他跳过了《我的奋斗》，在过去的一年半里，他已经把这本书前后读了三遍。现在，那些重要的段落，他已经可以倒背如流。

他看见书架的边缘夹着最后一本书，于是便笑着回想起四年前，西蒙妮·杜兰德在奥尔良车站将这本书塞到自己手里的场景，那时自己还是个无知的毛头小孩。《埃米尔和侦探们》，这本书怎么会放在这排书架上呢？他想不出答案。他将这本书从书架上取了下来，又瞥了一眼正跪在一旁打扫壁炉的赫塔。他翻开书，一封信从书页中掉落下来。他俯身拾起。

"谁写的信？"女佣抬起头看着他问。

"我的一个老朋友。"他说。看着信封上熟悉的字迹，他的声音竟不自觉流露出一丝不安。"哦……其实就是一个邻居，真的。"他更正了自己的措辞，补充道，"不是什么重要的人。"

这封被皮埃罗费尽心思藏好的信是安歇尔寄来的。现在，他再一次拆开。他扫过开头几行，这封信没有招呼，没有"亲爱的皮埃罗"，只是画了一条狗，紧接着就是几行字迹潦草的句子：

今天这封信写得匆忙。外面的街道乱哄哄的。妈妈说，这一天终于还是来了，我们要离开这里了。她把一些重要的东西收拾好，放进了行李箱里。这个行李箱在正门旁已经放了好几个星期。我不知道我们要去哪儿，但妈妈说留在这里太危险了。别担心，皮埃罗，我们会带上达达尼昂的！你最近过得好吗？为什么前两封信你都没有回复？已经发生了天翻地覆的变化，要是你能看到……

皮埃罗没有再继续读下去，而是把信揉成一团，扔进了壁炉里。前一夜烧的灰烬被这团纸扬起，扑腾到赫塔脸上。

"皮尔特！"她气得大喊，但他不理不睬。他开始后悔，应该把这封信扔进厨房的壁炉里，那里的火从一大早起就烧得很旺。毕竟，要是元首在藏书室的壁炉里发现了这封信，一定会勃然大怒。对他而言，没有什么事是比被元首批评更糟糕的了。他曾经很喜欢安歇尔，他们的确也是很要好的朋友。但那都是孩童时候的事了。当时他并不知道和一个犹太人做朋友意味着什么。现在他知道了，他最好从此切断和安歇尔的一切往来。他回到藏书室，从壁炉里捡起那封信，又把手里的那本书递给赫塔。

"你可以把这本书随便送给贝希特斯加登的哪个孩子，顺便替我向他问好。"他没大没小地指挥着她，"或者直接扔掉。怎么方便怎么来。"

"噢，埃里希·卡斯特纳。"赫塔看着满是灰尘的封皮，笑着说，"我记得我小的时候读过这本书。写得真好，不是吗？"

"只有小孩才会喜欢。"皮埃罗对她的看法不予理会，只是耸耸肩说，"现在继续干你的活儿吧。"将要离开房间时，他又补充道，"元首回来前，你得给我把这个地方打扫得干干净净。"

圣诞节将至，有一天晚上，皮埃罗半夜醒来，赤着脚静悄悄地穿过走廊，去了趟洗手间。返回时，半梦半醒的他居然朝着自己原来住的那间小屋子走去。他伸手握住门把手的瞬间，才突然意识到自己的错误。将要离开时，却意外听见了屋里的谈话声。他敌不过自己的好奇心，于是便贴着门偷听起来。

"但我担心，"碧翠丝姑妈在屋里说，"担心你、我，还有我们所有人。"

"没什么好怕的。"另一个人说。皮埃罗听出来这是司机恩斯特的声音。"一切都安排好了。你要知道，站在我们这边的人比你想的要多得多。"

"但真的要在这里进行吗？在柏林会不会更好？"

"柏林护卫森严，而在这里，他反而会掉以轻心、放松戒备。相信我，亲爱的，不会出任何差错。任务一旦完成，纳粹大势一去，新的时代就会来临。这么做是对的。你也坚信这一点，不是吗？"

"你知道我从来没有怀疑过。"碧翠丝激动地说,"每当我看到皮埃罗时,就更坚信我们要做的事。他和刚来时相比已经完全变了个样儿。你一定也看在眼里,对吗?"

"当然。他变得越来越像他们了,而且他马上就会成为他们中的一员了。他甚至已经开始使唤周围的仆人。前几天我批评了他,他却告诉我,我要么直接跟元首抱怨,要么就把嘴给闭上。"

"我不敢想,要是这么发展下去,他会变成什么样的人。"碧翠丝说,"我们一定要有所行动。不仅仅是为了他,还为了德国千千万万个像皮埃罗一样的孩子。如果元首再不住手,他会毁了这个国家,甚至毁了整个欧洲!他总说自己是德国人民的启蒙之光——不,就是他,给这个世界带来了无尽的黑暗!"

房间里的两人沉默了一会儿,皮埃罗确信自己听见了姑妈和恩斯特亲吻的声音。他差点儿就冲进门,和他们对峙。但他最终还是回到了自己的房里。他躺在床上,整夜望着天花板,回味着刚才听到的对话。

第二天来到学校,他在想应不应该把昨晚在贝格霍夫发生的事情告诉卡塔琳娜。午餐时间,皮埃罗发现卡塔琳娜正坐在一棵茂密的橡树下读书。他们已经不再是同桌了,卡塔琳娜申请将座位调到全班最安静的女孩——格雷琴·巴福尔的旁边。但她从没和皮埃罗解释过她换座位的原因。

"你没系领巾。"皮埃罗捡起她扔在地上的领巾说道。一年前,卡塔琳娜加入了德意志少女联盟,却整日抱怨着被强制要求穿制服的事。

"要是你觉得这事儿对你这么重要，那你就把领巾拿去戴吧。"卡塔琳娜头也不抬，继续看着书说。

"但我已经戴着一条领巾了。"皮埃罗说，"瞧。"

她抬起头瞥了他一眼，然后一把接过他手里的领巾。"我想如果我没戴好领巾，你是不是就会去告发我。"她问。

"当然不会，"他说，"我为什么要这样做？你只要在返回课堂前，重新把领巾戴好，就没问题了。"

"你真是铁面无私，皮尔特。"她露出了甜甜的笑容，说道，"这正是我欣赏你的一点。"

皮埃罗微笑着看向她，但没想到的是，卡塔琳娜竟朝他翻了个白眼，然后就继续埋头看书。他想就这么走掉，但心中藏着的问题，除了她以外，竟不知道问谁才好。他在班上并没有多少朋友。

"你认识我姑妈碧翠丝吗？"终于，他坐在她身旁，开口说。

"是的，当然。"卡塔琳娜说，"她总是来我爸爸的店里买纸张和墨水。"

"那你认识恩斯特吗？就是元首的司机？"

"我从没和他说过话，但我曾经见他开车经过贝希特斯加登。他们怎么了？"

皮埃罗深吸了一口气，又摇摇头。"没什么。"他说。

"什么叫没什么？你连他们的名字都提到了。"

"你觉得他们是德国的好公民吗？"他问，"不，这不是什么敏感的问题。不过，这也取决于你是如何定义'好'的，对吗？"

"不对。"卡塔琳娜说着，把书签夹在书里，直视着他，"我不觉得'好'有那么多定义标准。一个人要么是好人，要么是坏人。"

"那我想问的是，你觉得他们是爱国者吗？"

"我怎么知道？"卡塔琳娜耸耸肩说，"不过，'爱国者'就有很多种定义了。比如说，你对'爱国者'的定义就和我不同。"

"元首对'爱国者'的看法，就是我的看法。"皮埃罗说。

"好吧，就知道会这样。"卡塔琳娜说着，扭头看向在操场角落玩跳房子的那群孩子。

"为什么你不像从前那样喜欢我了？"沉默许久后，皮埃罗开口问。她回头看着他，一脸错愕。她没想到皮埃罗会突然这么问。

"你觉得我为什么会不喜欢你了呢，皮尔特？"她问。

"你不像从前那样和我说话了。还有，你搬去和格雷琴·巴福尔同桌，却从来没告诉我原因。"

"好吧。亨利·福斯特转学后，"卡塔琳娜说，"格雷琴就没有同桌了。我不想让她一个人孤零零地坐着。"

皮埃罗扭头看向别处，为开始的这个话题懊悔不已。无奈，他只能自食苦果。

"你还记得亨利，对吧，皮尔特？"她继续说，"一个多么善良、真诚的男孩。当他将自己父亲谈论元首的那些话告诉我们时，你还记得大家有多惊讶吗？还有，我们都曾经发誓绝不把这些话泄露给其他人，不是吗？"

皮埃罗站了起来，拍了拍裤子上的灰尘。"外面越来越冷了。"他说，"我想我应该回屋里待着。"

"你还记得他父亲的下场吗？半夜被人从床上拽起，押出贝希特斯加登，从此杳无音信！你知道亨利的母亲是如何带着他和年幼的妹妹逃到莱比锡吗？他们走投无路，只能去投奔他的姐姐！"

校门口的铃声响起，皮埃罗扫了一眼手表。"你的领巾。"他指着卡塔琳娜手里的领巾说，"是时候把它戴好了。"

"用不着你操心，我会戴好的。"她对着皮埃罗走远的背影说，"可怜的格雷琴，我们都不想让她明早又孤零零地坐在那儿，对吗？对吗！皮埃罗！"她朝着皮埃罗大喊，但他只是摇着头，假装卡塔琳娜并不是在和他说话。回到教室后，他不再去想刚刚的那番对话了。他满脑子装着的，竟然是那些尘封已久的回忆，那些关于妈妈的、关于安歇尔的记忆。

平安夜的前一天，皮埃罗正在屋外练习持枪行军时，元首和爱娃回到贝格霍夫。安顿下来后，他们将皮埃罗召进屋里。"今天傍晚，在贝希特斯加登将会有一场派对。"爱娃解释说，"这是为孩子们准备的圣诞派对。元首想让你和我们一起去。"

他的心激动得"怦怦"直跳。他从来没跟元首出去过！他想着，当他跟着敬爱的元首一同出现时，小镇居民的脸上会露着何其羡慕的神情。这仿佛是元首的亲儿子才有的待遇！

他换上一身干净的制服，并命令安吉将他的靴子擦得锃亮，直到能看见倒影为止。当安吉将擦好的靴子送还给他时，他只是用余光扫了一眼，便告诉她这双鞋擦得还不够干净，要重新擦过，直到他满意为止。

"别逼我再叫你擦第三遍。"安吉提着鞋回到自己的房间时，皮埃罗对她说。

那天下午，他跟着希特勒和爱娃走出屋子时，他感受到了前所未有的荣耀。恩斯特开车送他们下山，他们三个人一起坐在汽车后座上。皮埃罗从后视镜里观察恩斯特，试图看穿他对元首的意图。但每当恩斯特透过后视镜检查车后的情况时，他却总是无视皮埃罗，好像当他不存在。他一定觉得我只是个孩子。皮埃罗想。他觉得我无关紧要。

他们到达贝希特斯加登时，行人已经拥上街头，一边挥舞着手中的纳粹党徽，一边大声欢呼。尽管天气寒冷，希特勒还是让恩斯特将车顶摇下，这样人们才能看见他。车子经过时，两旁的民众无不大声欢呼、喝彩。希特勒表情威严地朝着人群敬礼，而一旁的爱娃则是微笑着朝民众挥手。恩斯特刚把车停在了市政厅门外的路边，市长便立刻上前迎接。元首和他握手时，他谄媚地弯腰鞠躬，然后又敬了个礼，接着又是一而再，再而三地鞠躬。元首只是把手搭在他的肩上，起初他还有些困惑，但当他明白元首是让他赶紧冷静下来把路让开后，他才悻悻地退到一旁，将元首请进办公楼里。

"你不跟着一起进来吗，恩斯特？"皮埃罗看到恩斯特正打算往回走，便叫住他。

"不了，我必须得守着车。"他说，"你跟着一块儿进去吧。我在这里等着你们。"

皮埃罗点点头，他决定等人群都进入市政厅后再走进去。他喜欢那种感觉，穿着德意志少年团的制服大步前行，也很享受坐在元首身旁时众人投去的目光。他刚想进去，却发现恩斯特的车钥匙落在了自己脚边。一定是恩斯特刚才不小心落在人群里的。

"恩斯特！"他朝着停车的方向大喊。但没有任何回应。他沮丧地叹了口气，一回头发现市政大厅里还有很多人在找座位。他想着，反正还有时间，便跑上马路，兴许还能撞见恩斯特摸遍口袋，寻找车钥匙的样子。

他来到停车处，却没发现恩斯特的踪影。

皮埃罗皱着眉四处张望。恩斯特不是说要守着车子吗？他开始一边往回走，一边向两旁的街道张望着。当他就要放弃寻找，返回市政厅时，却无意中发现恩斯特就在不远处，正敲着一栋屋子的大门。

"恩斯特！"他大喊，不过声音并没有传到恩斯特耳朵里。他看见那栋矮小又不起眼儿的小屋打开了门，恩斯特迅速地溜了进去，再一次消失了踪影。皮埃罗站在原地等了一会儿，直到街道再次恢复平静，他才悄悄地溜到那栋小屋门前。他趴在窗前，窥探着屋里。

前室存放着许多书籍和唱片，却空无一人。皮埃罗看见恩斯特正和一个素未谋面的男人一起站在客厅里，似乎在密谋着什么。他看见那个男人打开橱柜，拿出一罐像药一样的东西，还有一管针筒。他把针头戳进罐子里，吸出一些液体，又把这些液体注射进身旁的茶几上摆着的蛋糕里。然后，他张开双臂，好像是在说，就这么简单。恩斯特点点头，把罐子和针头藏在大衣的口袋里。另一个男人则一把将蛋糕扔进垃圾桶里。当恩斯特朝前室走去时，皮埃罗赶紧躲到屋子的另一角。但他没有溜走，而是继续听他们接下来的对话。

"祝你好运。"那个素未谋面的男人说。

"祝我们所有人好运。"恩斯特回答。

皮埃罗返回市政厅的途中，经过车子时，他便将钥匙放在了点火开关旁。接着便径直走回市政厅，他在前排找了个位置，坐下来听完元首的演讲。他在台上滔滔不绝，告诉大家即将到来的1941年，对于德国而言相当关键。我们的胜利近在眼前，世界最终会意识到德国人的决心。尽管圣诞节应该是温馨、美好的，元首却用一种近乎训诫的口吻，咆哮般说着每一句话。场下的观众被这种近乎疯狂的热情感染，同样情绪高涨，着了魔似的大声呼应。好几次他激动地拍着演讲台，吓得爱娃闭上眼跳了起来。他越拍，人群的热情越高涨。他们一边举起手臂向元首敬礼，一边高喊着："胜利万岁！胜利万岁！胜利万岁！"他们动作整齐得就像是被同一个大脑控制了一般。皮埃罗也和他们心灵相通，他的声音像在场所有人的一样洪亮；他的热情像在场所有人的一样高涨；他的信念像在场所有人的一样坚定。

平安夜当晚，元首为了感谢所有员工在过去一整年的辛劳服务，在贝格霍夫为他们举办了一个小型派对。尽管他没有为任何人准备礼物。不过几天以前，他还是问了皮埃罗有没有特别喜欢的东西。但是，男孩谢绝了元首的好意，他不愿被看作享受特殊待遇的孩子。

做大餐可是埃玛的拿手好戏。那天晚上，她准备了填满秘制苹果酱和蔓越莓酱的烤火鸡、烤鸭和烧鹅，还为元首准备了三种马铃薯、一种泡菜和一系列蔬菜。一群人其乐融融地坐在一起享受美食。其间，元首还挨个走到每个人的座位旁和他们聊天儿，聊的内容当然还是政治。无论他说些什么，每个人都在拼命地点头，并回应说，英明的元首是绝对正确的。如果他说月亮是奶酪做的，那么他们一定会回答：当然，我的元首，月亮是林堡干酪做的！

皮埃罗看着碧翠丝姑妈，她看起来比以往更紧张。她总是密切注视着恩斯特，但恩斯特看起来却非常平静。

"喝一杯吧，恩斯特。"元首为恩斯特倒了一杯红酒以后，大声说，"今晚是平安夜，你用不着开车。尽情地喝吧。"

"谢谢您，我的元首。"司机接过酒杯，又举杯敬了敬元首。元首的脸上露出了少见的笑容，他在大家的掌声中礼貌地点了点头。

"噢！布丁！"桌上的食物几乎被扫光时，埃玛突然大喊起来，"我差点儿忘了布丁！"

皮埃罗看见她从厨房里端出一盘十分精致的果子甜蛋糕，放在餐桌上。清新的果香、香甜的杏仁糖味儿，还有浓郁的酱香飘散在空气中。埃玛努力把蛋糕做成贝格霍夫的形状，还用亮晶晶的白糖代表白雪，撒在"屋顶"上。尽管如此，她的"雕塑"艺术，连最宽宏大量的批评家也不敢恭维。碧翠丝盯着蛋糕，脸色煞白。她转过头看向恩斯特，但他却头也不回。埃玛从围裙里拿出一把小刀开始切蛋糕，皮埃罗也变得有些紧张。

"这蛋糕真漂亮啊！埃玛。"爱娃两眼放光，高兴地称赞道。

"第一块蛋糕应该先让元首尝尝。"碧翠丝说。她提高了音量，声音却有些颤抖。

"是的，当然。"恩斯特附和道，"请您尝过之后告诉我们，它是否像看上去那样美味。"

"遗憾的是，我已经吃不下任何东西了。"希特勒拍了拍肚子说，"我的肚皮已经快撑破了。"

"噢，您还是得尝尝，我的元首！"恩斯特突然提高音量。"对不起，"他察觉到大家对他高涨的情绪感到有些意外后，马上说道，"我的意思是，这一年来您日理万机，所以您应该犒劳自己。也当为了庆祝节日，请您吃一块吧。您享用过后，我们才能接着品尝。"

埃玛切下一大块蛋糕，放进盘子，连同刀叉一块儿递到元首面前。元首看着这一大块蛋糕犹豫了一会儿，最后还是大笑着接受了它。

"当然，你说得对。"他说，"哪有不吃果子甜蛋糕的圣诞节。"说完，他便切下一小块，准备放进嘴里。

"等等！"皮埃罗突然大喊，他跳上前说，"等一下！"

男孩冲到元首跟前，所有人都吃惊地看着他。

"怎么了，皮尔特？"他问，"你想吃第一块吗？看来，你没我想的那么有礼貌。"

"请把蛋糕放下。"皮埃罗说。

餐桌上的所有人都陷入沉默。"你说什么？"元首终于开口，他冷冰冰地说。

"请把蛋糕放下，我的元首。"皮埃罗再说了一遍，"这块蛋糕，您不能吃！"

希特勒盯着蛋糕看了一会儿，又抬头看着皮埃罗。所有人都一言不发。

"为什么不能吃？"他不解地问。

"这块蛋糕也许有问题。"他的声音颤抖着，就像刚才碧翠丝那样。他会不会怀疑错了？他会不会上演一场闹剧？如果是这样，元首绝不会原谅他的鲁莽。

"我的果子甜蛋糕有问题？"埃玛打破沉默，大声说，"我告诉你，年轻人，我做果子甜蛋糕已经二十多年了，从来没人抱怨过一句！"

"皮尔特，你累了。"碧翠丝站出来，双手搭在他的肩上，试图把他拉走，"原谅他吧，我的元首。皮尔特一定是因为圣诞节，激动过了头。您知道，孩子们都喜欢过圣诞节。"

"离我远点儿！"皮埃罗一把推开碧翠丝，大喊道。碧翠丝惊恐地捂着嘴，后退了几步，"别再用你的手碰我，听见了吗？你这个卖国贼！"

"皮尔特，"元首说，"你在——"

"您问过我，圣诞节想要什么礼物。"他打断元首说。

"是的，我的确这么问过。怎么了？"

"好的，我现在改变主意了。我的确想要一样东西，一样非常简单的东西。"

元首似笑非笑地看了看四周，好像是希望有人能跟他解释一下所发生的一切。"好吧。"他说，"说来听听，你想要什么？"

"我想要恩斯特先吃下这块蛋糕。"他说。

所有人都一言不发，也一动不动。元首用手指轻敲着盘子，思考着皮埃罗的请求。然后，他缓慢地，非常缓慢地转过头看向他的司机。

"你想让恩斯特先吃下这块蛋糕。"他重复了一遍。

"不，我的元首。"恩斯特摇着头，坚持道。他的嗓音有些沙哑。"我不能吃。这是大不敬。只有您才能吃下第一块。您为我们……"他的言辞间暴露出恐惧，"做了那么多……"

"但今天是圣诞节。"元首说着，便朝他走去。赫塔和安吉都为他让出道来。"如果孩子们表现出色，那么他们的圣诞愿望就应该得到满足。而皮尔特的表现得非常……非常出色。"

他直勾勾地盯着恩斯特，将盘子递给他。"吃了它。"他说，"把它全都吃完，然后告诉我，它有多美味。"

看见恩斯特举起叉子，元首向后退了一步。恩斯特盯着蛋糕看了好一会儿，然后突然将整盘蛋糕扔在元首身上，跑出了房间。盘子"啪嚓"一声碎在地上，吓得爱娃突然尖叫起来。

"恩斯特！"碧翠丝大喊。警卫员马上追着恩斯特跑出了房间。皮埃罗听见恩斯特在门外挣扎的叫喊声。最终，他还是被制伏在地。他朝着警卫员大喊，让他们赶紧把手松开。而碧翠丝、埃玛还有其他的女佣呆坐在一旁看着，她们又惊又怕，吓得说不出话。

"到底是怎么回事？"爱娃困惑地看向四周，问道，"到底发生了什么？他为什么不肯吃？"

"他在蛋糕里下了毒，他想毒死我。"元首用一种悲伤的口吻说，"多令人失望啊！"

元首转过身，走回书房，关上了门。过了一会儿，他打开门，大吼着皮埃罗的名字。

那天晚上，皮埃罗许久不能入眠。这当然不是因为即将到来的圣诞节。他被元首审问了一个多小时，他把自己来贝格霍夫后见到的、听到的一切，都一五一十地向元首交代清楚。他说了自己对恩斯特起的疑心，还有对姑妈背叛祖国的巨大失望。大部分时候都是男孩在说话，希特勒只是偶尔问几个问题，比如埃玛、赫塔、安吉或者他的某个护卫有没有卷入其中。但这些人似乎都和元首一样，对恩斯特和碧翠丝密谋的事情一无所知。

"皮尔特，那你呢？"在让皮埃罗离开前，他问，"为什么你之前没有把自己的疑虑告诉我？"

"我直到今晚才明白他们到底想干什么。"皮埃罗回答道。他的脸涨得通红，他担心自己会因这件事情受到牵连，而被送离上萨尔茨堡。"我不确定恩斯特口中的那个人是您。当他今晚坚持让您先吃下果子甜蛋糕时，我才突然意识到您就是他的目标。"

元首接受了他的说辞，便将他打发回房间。他躺在床上，翻来覆去睡不着。后来，当他终于睡着了，梦里却杂乱无章地闪现出父母和许多旧时回忆：亚伯拉罕斯先生餐馆楼下的棋盘、查尔斯弗洛凯大街。他还梦见了达达尼昂和安歇尔，还有安歇尔曾经寄给他的那些故事。后来，他的梦境越来越混乱，他突然惊醒，坐了起来，汗水不停地从脸庞滑落。

他用手紧按着胸口，大口喘气。他突然听见外面有人在低声说话，还听见靴子踩在碎石上发出的"嘎喳"声。他跳下床，走到床边，掀起一角窗帘，窥探着贝格霍夫后院大花园里发生的一切。花园里面对面地停放着两辆车。士兵们将车灯打开，光线幽灵般地聚拢在草坪中央。其中一辆车是恩斯特的。有三个士兵背对着房子站着，另外两个士兵押着恩斯特走了出来。恩斯特站在草坪中央，交汇的光束打在他的脸上，他看起来脸色苍白、神色憔悴，像极了一个幽灵。他显然是被折磨了一番。他的衬衣被撕破，一只眼睛肿得没法睁开，还有鲜血从发际线旁的伤口里涌出，顺着脸庞滑落。他的下腹瘀青，双手被绑在身后。尽管他的腿也受了重伤，但他仍然笔直地站着，像个男子汉一样。

过了一会儿，元首穿着大衣，戴着帽子走了出来。他站在士兵们的右边，一言不发，只是对着他们点头示意。于是，他们将手中的来复枪举起。

"去死吧，纳粹！"子弹飞出枪膛的那一瞬间，恩斯特大喊。但马上，他便倒地不起。看着眼前的一切，皮埃罗惊恐地抓紧窗台。一个警卫员走到他的尸体旁，从皮套里掏出手枪，对着尸体的脑袋又开了一枪。希特勒再一次点头示意，警卫员们便拽着恩斯特的脚，将他的尸体拖到一旁。

为了不让自己失声尖叫，皮埃罗用力捂着自己的嘴。他倚着墙，瘫倒在地上。他从来没有见过这样的场景。紧接着，他觉得自己胃里翻涌着，好像马上就要呕吐了。

是你干的。他脑海里的一个声音说。是你杀了他。

"但他是个卖国贼！"他张口回答道，"他背叛了祖国！他背叛了元首！"

他呆坐在地，汗水"啪嗒"打在他的睡衣上，但他还是努力让自己冷静下来。终于他再次鼓起勇气，站了起来，看向窗外。

他马上又听见了警卫员"嘎喳嘎喳"的脚步声，之后便传来女人们歇斯底里的叫喊声。他朝下一看，发现埃玛和赫塔从房子里跑了出来，站在元首旁恳求他。埃玛几乎是跪下来祈求元首的。皮埃罗皱着眉头，他不理解眼前发生的一切。毕竟，恩斯特已经死了。现在为他求情已经为时过晚。

然而，他看见了她。

他看见碧翠丝姑妈被拽到恩斯特几分钟前被处决的地方。

她的手并没有被绑在身后。但她和恩斯特一样，被打得鼻青脸肿，衬衣的下摆已经破烂不堪。她没有说话，只是感激地回头看了看为她求情的两个女人，然后便转过脸去。元首朝着埃玛和赫塔嘶声怒吼，紧接着爱娃便把这两个哭哭啼啼的女人拽回屋子里去了。

皮埃罗低头看着他的姑妈。突然，碧翠丝把头抬起，他们四目相对，碧翠丝注视着他。就在这一瞬间，皮埃罗全身的血液仿佛冻结了一般。他咽了咽口水，不知道该做些什么，或是说些什么。他还在错愕之中，瞄准碧翠丝的子弹却已经飞出枪膛。枪声像是在公然挑衅山顶的宁静。碧翠丝倒在地上，一动不动。皮埃罗眼睁睁地看着眼前发生的一切，他吓得浑身僵硬，动弹不得。同样，又有一枚子弹出膛，这巨响划破了夜空。

但你安全了。他对自己说。而且她也和恩斯特一样，是个卖国贼。卖国贼必须严惩！

碧翠丝的尸体被拖走时，他闭上了眼睛。他希望再把眼睛睁开时，一切都归于平静。但当他睁开眼时，却看见一个男人站在花园中央，正像碧翠丝之前那样抬头看着他。

当他的目光和阿道夫·希特勒的目光相遇时，皮埃罗异常平静地站着。他清楚自己接下来要做些什么。他双腿并拢，把右臂向前伸直时，指尖擦过窗玻璃。他向元首敬了个礼。不知不觉，这个动作已然成为他生命的一部分。

这天早上醒来时，他还是皮埃罗。这天夜里熟睡前，他已经彻底变成了皮尔特。

第三部分

不要假装自己一无所知，伪装无知才是最大的罪过。

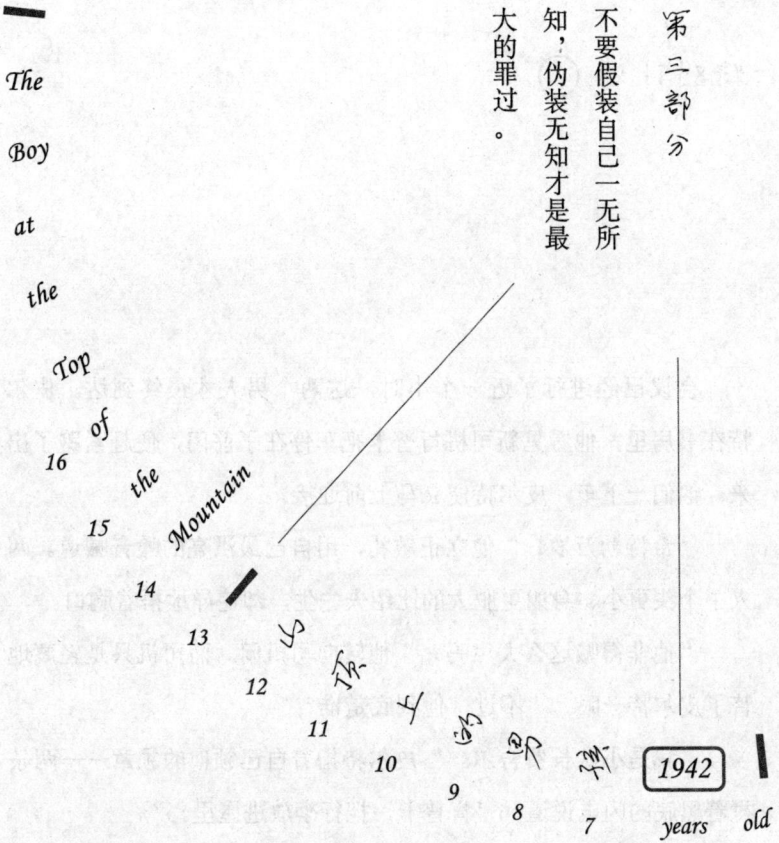

The

Boy

at

the

Top

of

the

Mountain

16

15

14

13

12

11

10

9

8

7

1942

years   old

你还记得吗

特别计划 ①

　　会议已经进行了近一个小时，这两个男人才最终到达。皮尔特在书房里，他看见新司机肯普卡把车停在了前门，便赶紧跑了出来。他们一下车，皮尔特便立马上前迎接。

　　"希特勒万岁！"他立正敬礼，用自己最洪亮的嗓音喊道。两人中个头更小、身躯更肥大的比绍夫先生，却诧异地捂着胸口。

　　"他非得喊这么大声吗？"他转向司机问。而司机只是轻蔑地瞥了皮尔特一眼。"不过，他到底是谁？"

　　"我是小队长费舍尔。"皮尔特指着自己领口的领章——两条衬着黑底的闪电说道，"肯普卡，把行李放进屋里。"

　　"没问题，先生。"司机毫不犹豫地听从了男孩的指示。

　　另一个佩戴中校肩章，右手打着石膏的男人走上前来，仔细看了看皮尔特的肩章，然后冷冰冰地看着皮尔特的眼睛。皮尔特总觉得这个男人在哪儿见过，但却怎么也想不起来了。他确定自己从没在贝格霍夫见过这个人，因为他一直仔细记着每一位到访的高级官员的信息。虽然关于这个男人的记忆很模糊，但他确信，他们的人生轨迹在此之前一定重合过。

"费舍尔小队长，"这个男人平静地说，"你是希特勒青年团的一员？"

"是的，我的中校。"

"你今年几岁了？"

"13岁，我的中校。元首为了奖励我对他以及对祖国的忠诚，破格提拔我。因此我比其他男孩提早一年成为小队长。"

"原来如此。那么是小队长就会带领一批队员吧？"

"是的，我的中校。"皮尔特目视前方回答道。

"那么他们在哪儿？"

"什么？我的中校？"

"你的队员。在希特勒青年团里有多少人由你指挥？十几个？二十个？还是五十个？"

"在上萨尔茨堡没有其他希特勒青年团的成员。"皮尔特回答。

"一个也没有？"

"是的，我的中校。"皮尔特尴尬地说。被任命为小队长一直让他感到自豪。但他从未接受过任何训练，也没有和其他的成员一起共事或生活，这让他一直有些抬不起头。尽管元首时不时地提拔他，给他一些新头衔。但很显然，这些头衔其实并无实权。

"一个没有队员的小队长？"男人转过头看向比绍夫先生，笑着说，"今天真是长见识了。"

皮尔特感觉到自己的脸颊烫了起来，心想要是不出门迎客就好

了，他们只是在嫉妒自己，等自己有朝一日实权在握，一定要让他
们付出代价。

"卡尔！拉尔夫！"元首喊着两人的名字，快步从房里走出。
他径直走上前，握住了两人的手，用罕见的轻松语气说："总算来
了！怎么耽搁了这么久？"

"是我的错，我的元首。"肯普卡说。他双腿并拢，鞋跟
用力踩地，对着元首敬了个礼。"从慕尼黑到萨尔茨堡的列车晚
点了。"

"那你为什么道歉？"希特勒说。他已经不像从前那样，会
和司机保持友好的关系了。一天晚上，当他提及此事时，爱娃告诉
他，至少肯普卡从没想过要杀了他。"列车晚点并不关你的事，不
是吗？进来吧，先生们。海因里希已经在屋里等着了。皮尔特，先
将诸位带到我的书房，我随后就到。"

两位长官跟在皮尔特身后，他们沿着走廊一直走到希姆莱等待
着的房间。皮尔特发现，这位党卫军领袖与这两个男人握手时，笑
容僵硬。他对比绍夫先生相对友好，但对他的同伴却心存敌意。

另一边，支开众人独自回屋的希特勒正站在一扇窗边旁，读着
一封信。

"我的元首。"皮尔特走到他身边说。

"什么事，皮尔特？我现在很忙。"他把这封信收进口袋里，
看着皮尔特说。

"我希望向您证明我的价值，我的元首。"皮尔特笔直地站
着说。

"你已经向我证明了。为什么突然这么说？"

"中校说的一些话提醒了我。我只是空有头衔，没有任何实际职责。"

"你有很多职责，皮尔特。你是上萨尔茨堡生活里不可缺少的一部分，况且，你还有自己的功课。"

"我想，也许我还能为祖国的事业做更大的贡献。"

"比如？"

"我可以去战斗。我健康、强壮，我——"

"今年只有13岁。"元首打断他，似笑非笑地说，"皮尔特，你只有13岁。打仗非儿戏，军队也并非儿童乐园。"

皮尔特十分沮丧，他的脸涨得通红。"我不是儿童，我的元首。"他说，"我希望像我的父亲一样，为国而战。这样，您也会为我感到自豪，我也能重振费舍尔家族衰落的名声。"

元首思量着皮尔特的一番话，深深地吸了一口气。"你知道我为什么把你留在这儿吗？"终于，他问道。

皮尔特摇摇头。"不知道，我的元首。"他说。

"那个不忠不义的女人，我不想提到她的名字，当她问我能不能把你接到贝格霍夫时，起初我心存疑虑。因为我从没和孩子一起生活过，而且我没有孩子。我不确定自己是否能接受孩子在我脚底下到处乱跑。但我心软了，所以我默许了她。事实是，你是一个安静、好学的孩子，你从来没让我后悔过。她的罪行暴露时，不少人说我应该把你送走，或是让你接受和那个女人一样的惩罚。"

皮尔特诧异地睁大眼睛。原来曾经有人向元首建议，他应该像碧翠丝和恩斯特一样被枪决？是谁？也许是某位士兵？是赫塔或者安吉？还是埃玛？他们都看不惯他在贝格霍夫发号施令。他们难道想让自己因此丧命？

"但我拒绝了。"元首接着说。这时，布隆迪走过，他朝它打了一个响指。这只小狗来到了他的身边，用鼻子蹭着他的手。"我对他们说，尽管他血统不纯，出身低微，尽管他有种种缺点，但皮尔特是我的朋友，他帮我料理事务，从来没让我失望过。我说过，我会把你留在贝格霍夫，直到你长大成人。但你还没长大，小皮尔特。"

小皮尔特？这个称呼让他感到失望。他面色煞白，内心无比沮丧。

"等你再长大一些，我也许就会给你安排些更重要的工作。当然，到那时，战争应该早就结束了。大约在明年，毫无疑问，我们会取得胜利。在此期间，你必须完成你的学业——这才是最重要的事。我保证等你学业有成，我一定会对你委以要职。"

皮尔特点点头。尽管他还是有些失望，但他清楚自己最好不要质疑元首，或者去说服他改变想法。元首的脾气阴晴不定。皮尔特不止一次见过元首前一秒钟还慈眉善目，转眼间就勃然大怒。他并拢双腿，标准地敬了个礼后，便转身走出了房间。他看见肯普卡正倚着车，抽着烟。

"站直了！"他大喊，"别偷懒！"

于是，司机马上立正站好。

同时，也立马振作起来。

皮尔特独自一人来到厨房，他打开点心罐和橱柜，想找一些东西吃。最近，他总是觉得很饿。无论吃了多少东西，总感觉还没吃饱。赫塔说，青少年在长身体时就会如此。他打开蛋糕架的盖子，得意地发现里面装着一块新鲜的巧克力蛋糕。他正打算切下一块，埃玛就走了进来。

"如果你敢碰这块蛋糕，皮尔特·费舍尔，看我不把你打得满地找牙。"

皮尔特转过头，冷冰冰地看着她。他已经受够了这样的冒犯。"你不觉得这种话只能用来吓唬三岁小孩吗？"他问。

"不，我不觉得。"她说着，一把推开皮尔特，把蛋糕架的盖子盖上，"我不管你多么自以为是，在我的厨房，你就得按照我的规矩来。如果你饿了，冰箱里还剩下一些鸡肉，你可以自己做三明治吃。"

他打开冰箱，果然，有一盘鸡肉，旁边还有一碗馅儿料和一碗新鲜的沙拉酱。

"很好。"他满意地拍拍手说，"看起来很好吃。你给我做，这样我就能坐享美味了。"

埃玛双手叉腰，看着坐在桌前的皮尔特。"我可不是你唯命是从的仆人。"她说，"如果你想吃三明治，就自己做。你有手有脚，不是吗？"

"你是厨子。"他平静地说，"而我是饥肠辘辘的小队长。你就得给我做三明治吃。"埃玛愣在原地，不知该如何回应。现在，皮尔特只需要再强硬一些。"快去！"他捶着桌子大吼。埃玛惊得立刻站直，然后小声嘟囔地从冰箱拿出食材，又打开面包箱，切了两片厚厚的面包。她把做好的三明治拿到皮尔特面前，他抬起头，微笑地看着她。

"谢谢你，埃玛。"他平静地说，"看起来真是美味极了。"

她盯着他看了好长一段时间，然后缓缓地开口。"这一定是家族特质。"她说，"你姑妈碧翠丝也喜欢吃鸡肉三明治。当然，她会自己动手做。"

埃玛的话让他气得咬牙切齿。他没有什么碧翠丝姑妈！他告诉自己。那完全是另一个男孩的，是那个叫作皮埃罗的男孩的！

"对了，"她说着，把手伸进围裙的口袋里，"前几天收到了这个，是寄给你的。"

她递给他一封信。皮尔特盯着信封上熟悉的字迹看了一会儿，又原封不动地还给她。

"烧了它。"他说，"要是再收到这种东西，都通通烧掉。"

"这是你在巴黎的老朋友寄过来的，不是吗？"她一边说，一边把信举在半空中，似乎想透过信封看见里面的内容。

"我说，烧了它！"他厉声说，"我在巴黎没有什么朋友！更不要说这个总是写信告诉我他过得有多糟糕的犹太人！巴黎现在已经落入德军手里，而他能被允许继续生活在那里，是多么幸运！"

"我还记得你刚到这儿的时候，"埃玛平静地说，"就坐在那张凳子上，和我说着小安歇尔的事，你告诉我他正在替你照顾你的小狗，还有你们俩之间的特别代号。他是狐狸，而你是狗。还有——"

皮尔特没等埃玛说完，就跳了起来，一把抢过她手里的信封。

他抢夺的力气太大，埃玛没站稳，向后退了几步，摔倒在地。尽管她并没有受什么重伤，但还是大叫了起来。

"你想干什么？"他恶狠狠地说，"你凭什么对我总是这样无礼？你难道不知道我是谁吗？"

"不！"她大喊，情绪激动，"不！我不知道现在的你到底是谁！但你曾经是谁，我记得一清二楚！"

皮尔特双拳紧握，但他还没来得及开口说话，元首就推门而入。

"皮尔特！"他说，"跟我来，我需要你的帮助。"

他低头瞥了一眼埃玛，但对她倒在地上的事实，却熟视无睹。皮尔特将手上的信一把扔进火里，低头看着埃玛。

"我不想再收到这样的信，听懂了吗？这样的信要再寄过来，扔了它。要是你再敢把它拿到我面前，你一定会后悔的。"他拿起桌上还没咬过的三明治，扔到垃圾桶里。"一会儿，要是我告诉你，我饿了，"他说，"你就得重新再给我做一个。"

"正如你看到的那样，皮尔特。"他走进房间时，元首说，"中校受伤了。有刺客在街上袭击了他。"

"那家伙摔断了我的胳膊，"这个男人平静地说，好像这事无关痛痒，"所以我拧断了他的脖子。"

房间中央的桌子上摆满了照片和一摞摞图纸，希姆莱和比绍夫先生坐在桌子旁，正低头看着桌面，一听到中校的话，便抬起头，大笑起来。

"没办法了，他暂时没法写字，所以我们需要一个记录员。皮尔特，坐下，保持安静。记录下我们说的话，不许打断。"

"遵命，我的元首。"皮尔特说。大约五年前，也是在这间屋子里，他插嘴打断了温莎公爵和元首的对话。这段可怕的记忆，他至今记忆犹新。

一开始，皮尔特不太愿意坐在元首的位置上。但这四个男人正围坐在另一张桌子，因此他别无选择。他坐了下来，把手放在木质的桌面上，他突然感受到一股巨大的力量。他环视整间屋子，德国国旗和纳粹党旗分别挂在他的左右手边。他管不住自己的思绪，忍不住幻想自己就是大权在握的元首。

"皮尔特，你在想些什么！"希特勒转过头瞪着他，厉声说道。皮尔特马上立正站直，找来一本笔记本，又从桌面上拿起一支圆珠笔，揭开笔盖，开始记下他们的讨论。

"当然，这个位置是推荐选址。"比绍夫先生指着一打图纸说，"你看，我的元首，这十六栋楼已经为我们所用，但送往那里的犯人数量庞大，这些楼房远远不够用。"

"现在有多少犯人了？"希特勒问。

"一万多。"希姆莱说，"大部分是波兰人。"

"还有这一片区域，"比绍夫先生指着集中营周围的一大片区域，继续说，"我称之为'利益区'。这一片土地约 15 平方英里 [1]，完全符合我们的需求。"

---

[1] 1 平方英里约为 2.59 公顷。

"这一整块土地都闲置着吗？"希特勒用手指在地图上比画着，说道。

"不，我的元首。"比绍夫先生摇摇头说，"这是地主和农民的田地。我想，我们可以考虑从他们手中把这块地买下来。"

"直接没收。"中校面无表情地耸耸肩说，"为了满足帝国的需要，土地需要被征用，当地居民必须理解。"

"但是——"

"接着说吧，比绍夫先生。"元首说，"拉尔夫说得对，这片土地直接征用即可。"

"当然。"他回答。皮尔特看见这个男人光溜溜的脑袋上开始冒出大颗的汗珠。"接下来，是我为第二座集中营设计的方案。"

"这一座集中营有多大？"

"大约 425 英亩[1]。"

"这么大吗？"元首抬起头说。这个数字显然令他有些诧异。

"我亲自去那儿看过，我的元首。"希姆莱的脸上流露出自豪的神情，他说，"在那片土地放眼望去，我便知道它必定能为我们所用。"

"海因里希，你可真是我的好朋友、好部下。"希特勒笑着说。他低头仔细检查这一系列方案，一只手搭在希姆莱的肩上。这样的褒奖让希姆莱满面春风、扬扬得意。

"我计划在这片土地上盖三百栋房子。"比绍夫先生继续说，

---

[1] 1 英亩约为 0.41 公顷。

"这将会是欧洲最大的集中营。虽然这些楼房的样式都中规中矩，但这能够方便士兵们——"

"当然……当然。"元首说，"但这三百栋楼房能够关押多少犯人？三百栋，这个数字在我看来并不多。"

"但是，我的元首。"比绍夫先生张开双臂说，"这三百栋房子面积都不算小，每一栋都能关押六百到七百号犯人。"

希特勒抬起头，闭上眼，试着计算出总数。"那一共是……"

"二十万人。"坐在书桌后的皮尔特又一次脱口而出。但这一次，元首并没有愤怒地瞪着他，而是欣慰地看了他一眼。

希特勒转过头看向他的幕僚，难以置信地摇着头。

"是这样吗？"他问。

"是的，我的元首。"希姆莱说，"大约是这么多人。"

"非常好。拉尔夫，二十万犯人，你觉得你管得住吗？"

中校果断地点点头。"元首对我委以重任，是我的荣幸。"他说。

"非常好，先生们。"元首满意地点着头说，"那么，营地的看管问题呢？"

"我计划将集中营分为九片区域。"比绍夫先生说，"您可以看到这套方案里的分区。例如，这一片区域是女人的营房。那一片区域是男人的营房。每一片分区都用铁栅栏围起来。"

"准确地说，是电栅栏。"希姆莱补充道。

"是的，我的领袖，的确是电栅栏。一旦被关在某一片分区，任何人都插翅难飞。为了确保万无一失，每一片分区都设置两道电栅栏。任何逃跑的人都是以卵击石。当然，每一处角落都立着一座监视塔。一旦发现有人企图逃跑，塔上执勤的士兵可以立刻将其击毙。”

“那这个地方呢？”元首指着地图顶部的一处位置问，“这个写着桑拿的地方，有何用处？”

“我计划在此处建造一间蒸汽室。”比绍夫先生说，“对犯人们进行消毒。他们到达集中营时，身上一定全是虫子和虱子。我们不能让疾病在集中营里传播。我们也需要为德国士兵考虑。”

“原来如此。”希特勒说。他打量着这个复杂的设计，似乎在琢磨其特殊用途。

“每一座蒸汽室都设计得像一座淋浴室。”希姆莱说，“当然，淋浴头并不会出水。”

皮尔特皱着眉，目光从笔记本上抬起。“很抱歉，我的元首。”他说。

“什么事，皮尔特？”希特勒转过头，叹了一口气，问道。

“很抱歉，我想一定是我听错了。”皮尔特说，“我听见希姆莱先生刚才说，浴室的淋浴头并不会出水。”

四个男人都盯着皮尔特，但没有一个人开口说话。

“不许再打断，皮尔特。”元首冷冰冰地说完，便转过头继续端详着稿纸。

“对不起，我的元首。只是，这份记录是替中校做的，我不想出任何差错。”

“你没有出错。拉尔夫，你刚刚说什么？容量？”

　　"刚开始，每天约 1500 人。十二个月内，我们就让这个数字翻倍。"

　　"非常好。关键是我们需要持续不断地抓获犯人。等到我们大获全胜时，我们必须确保我们接手的这个世界，已经被清理干净了，这才是我们的目的。你干得不错，卡尔。"

　　这位建筑师低下了头，如释重负。"过奖了，我的元首。"

　　"最后一个问题，集中营什么时候开工？"

　　"只要您一声令下，我的元首，我们这周就可以动工。"希姆莱说，"如果拉尔夫不负众望，那么集中营在今年十月就可以投入使用。"

　　"你大可不必担心，海因里希。"中校苦笑着说，"如果到那时集中营还没落成，你可以把我关在那儿，当作惩罚。"

　　做了这么久的记录，皮尔特的手开始变得酸疼。但中校刚才说那番话的语气却勾起了他的回忆。他抬起头，看着眼前这位集中营的指挥官，总算想起是在哪儿见过他了。六年前，他急匆匆地朝曼海姆车站的时刻表跑去，想寻找开往慕尼黑的火车的站台。他撞到了当时穿着土灰色制服的中校后，摔倒在地上，这个男人用皮靴踩着他的手指。如果不是他的妻儿出现，并催促他离开，皮尔特的手指或许会被他踩断。

　　"非常好。"元首说道。他笑着搓了搓手掌。"先生们，这是一项最伟大的事业，当然应该交给一群最出色的德国人完成。海因里希，命令已经下达，你可以立即开展行动。拉尔夫，你立刻返回工地，监督工程的进展。"

"遵命，我的元首。"

中校朝元首敬了个礼后，走到皮尔特跟前，目光下移。

"怎么了？"皮尔特问。

"你的笔记。"中校回答。

皮尔特把笔记本递给了他。因为不想遗漏任何细节，皮尔特快速地记录下了这四个男人说的每一句话。不过，字迹十分潦草。中校粗略地浏览了一会儿，然后扭头说了声"再见"，便离开了房间。

"你也可以走了，皮尔特。"元首说，"出去玩吧。"

"我打算回房学习，我的元首。"皮尔特平静地回答，但他的内心却因为元首的体恤而澎湃不已。他坐在这片土地最重要的位置上，记录着元首的特别计划。终于，他成了元首的心腹。虽然他仍被当成个孩子，但这也许是因为他的确还太年轻了。不过，至少他知道，建造一座不会出水的淋浴室，是毫无意义的。

埃娃的派对 ⏲

1944 年，卡塔琳娜刚过完 15 岁生日，便开始在她父亲的文具店里帮忙。这家文具店位于贝希特斯加登镇上。一天，皮尔特想下山去见卡塔琳娜。他第一次换下制服，穿上一件白衬衣、一条短皮裤，系着一条黑领带，还穿上一双棕色皮鞋。一直以来，他都穿着这套能给他带来自豪的希特勒青年团制服，但他知道，出于某种原因，卡塔琳娜对这套制服有些厌恶。而他并不想惹卡塔琳娜不开心。

他在文具店门前徘徊了差不多一个小时，才鼓起勇气进去。虽然在学校他们每天都见面，但这次的见面非比寻常。皮尔特来见卡塔琳娜，是想问她一个问题。他思前想后，最终决定开口——当然，这个决定，让他一直忐忑不安。他曾经想趁着课间在走廊里问，但走廊里人来人往，中途很有可能被其他同学打断。他思前想后，决定在文具店里开口。

皮尔特走进文具店，看见卡塔琳娜正把精装的皮革笔记本放在货架上。看见她转过身，皮尔特的眼里流露出爱慕，心却紧张得乱跳。这两种熟悉的情感再一次在他心里交融、并存。他太想让卡塔琳娜喜欢上他了，但他又害怕这个美好的念想落空。卡塔琳娜看见他站在那里，脸上的笑容立刻褪去，一言不发地继续工作。

"下午好，卡塔琳娜。"他说。

"你好，皮尔特。"她爱搭不理地说。

"今天天气真好。"他说，"这是一年中贝希特斯加登最美的季节，不是吗？而你的美貌不分时节。"皮尔特从脸到脖子都涨得通红，他摇了摇头，吞吞吐吐地说，"我是说……这个小镇，一年四季都很美丽……真是个美丽的地方。无论何时，我来到贝希特斯加登，都会被它的……被它的……"

"被它的美景迷倒？"卡塔琳娜给他提了个醒。她把最后一本笔记本放上书架，然后冷冰冰地朝他走去。

"是的。"他说。他有些丧气。为了准备这次对话，他花了这么多心思，没想到还是出了这么多差错。

"你有什么想买的吗，皮尔特？"她问。

"是的，我想买几支钢笔，还有墨水。"

"你想买哪种？"卡塔琳娜走到柜台，打开其中一个玻璃柜问。

"买最好的。是买给元首，阿道夫·希特勒先生的。"

"差点儿忘了，"她语气漠然地说，"你和元首一起住在贝格霍夫。你应该多提几次，这样大家才不会忘记这件事。"

皮尔特诧异地皱着眉，因为他觉得自己提到的次数够多了。但事实上，他知道自己不该总把这件事挂在嘴边。

　　"不过，我指的不是档次，"她接着说，"而是笔尖的类型：细的、中的、粗的，你到底要哪一种？稍微讲究一点儿的人可能会用品牌软尖钢笔，像是猎鹰牌、素塔牌、科思牌或者——"

　　"中的。"皮尔特抢着说。他对笔尖的类型一窍不通，只觉得中等宽度会是个保险的选择。

　　卡塔琳娜打开一个木盒子，抬头问他："要多少？"

　　"来半打。"

　　卡塔琳娜点点头。皮尔特不想表现得太拘谨，他故意倚着柜台，看着她数出六支钢笔。

　　"你能别把手搭在柜台上吗？"她问，"我刚擦过。"

　　"当然，当然，真对不起。"他立刻站直，说道，"不过，我的手干净得很。毕竟，希特勒青年团里的每一个人向来都是干净、得体。而我，可是青年团里响当当的一号人物。"

　　"等等，"卡塔琳娜停下手中的活儿，抬起头看着皮尔特，好像他刚刚捅破一个天大的秘密，"你说，你是希特勒青年团的成员？真的？"她问。

　　"那当然。"皮尔特有些莫名其妙，"你没看见我每天都穿着制服上学吗？"他问。

　　"哎，皮尔特呀！"她摇着头，叹了一口气说。

　　"你明明就知道我是希特勒青年团的成员！"他有些失望地说。

　　"皮尔特，"她说着，摊开手展示玻璃柜里整齐摆放着的钢笔和墨水，"你刚才提到了墨水？"

　　"墨水？"

"是啊，你刚刚不是说了还要买墨水吗？"

"噢，没错，"皮尔特说，"我要买六盒。"

"什么颜色？"

"四盒黑的，两盒红的。"

这时，送货的男人走了进来。他抬着三大箱货，让卡塔琳娜在验收单上签字。卡塔琳娜和气地招呼了他。作为她的同班同学，皮尔特的待遇倒不如一个送货员。

"又进了一批钢笔？"送货员走后，他接着问。尽管交谈起来比他预想的更艰难，但他还是尽力避免冷场。

"还进了一些纸，和别的小玩意儿。"说着，卡塔琳娜便把箱子搬到角落，整整齐齐地摆好。

"这里就你一个人？没有别的帮手吗？"他问。

"本来还有其他人的。"她直视皮尔特，平静地说，"一位叫作鲁思的女士在这里工作了快二十年。她温柔、善良，对我视如己出。可她再也回不来了。"

不知不觉，皮尔特被卡塔琳娜的话题带跑了。"为什么？"他问，"她出了什么事吗？"

"谁知道呢？"卡塔琳娜说，"她被带走了。一起被带走的还有她的丈夫、她的三个孩子、她的儿媳妇和她的两个孙子。从那以后，我们再没听到过他们的消息。她最喜欢软尖钢笔。她可是懂钢笔，又有品位的人。不像有的人啊！"

卡塔琳娜的明嘲暗讽让皮尔特怒火中烧。他感觉自己被羞辱了。他气得望向窗外，不再看她。但矛盾的是，他却难以克制自己对她的渴望。在学校，他前桌的男生弗朗兹，最近和格雷琴·巴福尔走得很近。上周，他们趁着午餐时间偷偷接吻的流言在校园里已经传得满天飞。还有一个叫马丁·伦辛的男孩，几周前，邀请一位名叫兰雅·哈莉的女孩参加他姐姐的婚礼。他和她在婚礼当晚牵手共舞的照片也流传开来。这些人那么容易就能成双成对，可为什么卡塔琳娜总是一副拒他于千里之外的样子呢？他苦恼地望着窗外，看见一对与他们年纪相仿的陌生男女。两人在大街上走着，有说有笑的。那男孩为了取悦女孩，甚至还会突然蹲下，模仿起猩猩。女孩见状，"扑哧"一声笑了起来。他们的相处是那么轻松、融洽。皮尔特不曾体验过，他甚至想象不出其中的滋味。

"是犹太人，对吧？"他回头看着卡塔琳娜，泄气地说，"那个鲁思，和她的家人，是犹太人，对吧？"

"嗯。"卡塔琳娜说着，她的身子稍稍向前靠了靠。这时，皮尔特的目光被她衬衣最上面的那颗纽扣吸引住了。它似乎就要被撑开了。他幻想着时间就此凝固，这样他便能永远盯着它看；他又盼望着能吹来一阵徐徐的微风，这样他便能继续窥探衬衣下的秘密。

"你想去贝格霍夫看看吗？"皮尔特把刚才诸多的不快抛诸脑后，过了一会儿，他抬起头，望着卡塔琳娜问道。

她目瞪口呆地看着他。"你说什么？"她问。

"我想邀请你参加这周末在贝格霍夫举办的派对，是布劳恩小姐的生日派对。你知道布劳恩小姐吧，她就是元首的密友。到时会有许多重要人士出席。你一定也厌烦了这些无聊的工作，不如抽个空见识一下大场面？"

卡塔琳娜挑了挑眉毛，勉强挤出一丝笑容。"我看不必了吧。"她说。

"按礼数，你的父亲也能一同前往。"他补充道，"所以你大可不必担心。"

"不，"她摇着头说，"谢谢你的邀请，但我只是单纯不想去罢了。"

"我也能去哪儿？"是霍尔兹曼先生。他从后门走了进来，手里拿着毛巾。他把手上那条细长的墨水渍擦成了长靴状。这位霍尔兹曼先生，是贝希特斯加登镇上家喻户晓的人物。他看见皮尔特，便停了下来。"下午好。"霍尔兹曼先生站直身板，抬头挺胸地说。

"希特勒万岁！"皮尔特双腿并拢，鞋跟踩地，高声喊出口号，敬了个标准的纳粹礼。

卡塔琳娜吓了一跳，她惊得用手捂住胸口。霍尔兹曼先生也朝他敬了个礼，但无论是姿势还是气势，都没法和男孩相提并论。

"这是你要的钢笔和墨水。"皮尔特正在掏钱，卡塔琳娜便一把将包装好的商品推到他面前，"再见。"

"我也能去哪儿？"霍尔兹曼先生走到卡塔琳娜身边，又问了一遍。

"费舍尔中队长，"卡塔琳娜叹了一口气，说道，"邀请我——或者说邀请我们——这周六到贝格霍夫参加一个派对，生日派对。"

"元首的生日派对？"霍尔兹曼先生难以置信地瞪大双眼，问道。

"不，"皮尔特说，"是他的朋友，布劳恩小姐。"

"不管怎么说，这都是至高无上的荣耀！"霍尔兹曼先生激动地高声说。

"当然，对你来说可光彩得很。"卡塔琳娜回答道，"你是鬼迷心窍了吧？"

"卡塔琳娜！"霍尔兹曼先生呵斥了自己的女儿，转而对皮尔特说，"很抱歉，中队长，您大人有大量。我女儿说话总是不经过大脑思考。"

"至少我还会思考。"她说，"哪像你。不知道从什么时候开始，你变得这么委曲求全、趋炎附势——"

"卡塔琳娜！"他脸色涨红，大吼道，"你说话放尊重点儿，要不就给我回房待着！真对不起，中队长，她这个年纪的孩子就是蛮横无理。"

"他不也和我一样大。"她全身发抖，小声嘟囔着。皮尔特从没见过卡塔琳娜这个样子。

"我们很乐意参加的。"霍尔兹曼先生感激地低着头，谦卑地说。

"爸爸，我们不能去。我们还得照看店里的生意，还要考虑我们的顾客，还有你知道的，我并不想——"

"店里的事情，你都不用操心。"霍尔兹曼先生提高嗓门儿说，"无论是顾客还是其余琐事。卡塔琳娜，这是中队长给予我们的无上荣光。"他转过头看向皮尔特，"我们应该几点到？"

"4点以后，欢迎您随时光临。"皮尔特说。他有些失望，相比较之下，他更希望卡塔琳娜独自前来。

"我们会如期前往的。还有，这个钱我们不能收。权当是我们的一点儿小心意。"

"谢谢您，"皮尔特笑着说，"期待在贝格霍夫见到你们。再见，卡塔琳娜。"

踏出文具店，皮尔特如释重负般地叹了口气，该说的话都说了。接着，他把霍尔兹曼先生退给他的钱装进口袋里。最后就算这些文具不是霍尔兹曼先生白送给他的又如何呢？这一切都不重要了。

这一天，帝国的风云人物悉数出席了这场生日庆典。但这些重要来宾似乎并不热衷于给爱娃庆生，却想方设法避开元首。整个上午，希特勒几乎都待在书房与党卫军领袖希姆莱和宣传部部长约瑟夫·戈培尔商议要事。皮尔特从门外就能听到希特勒的咆哮声，他知道元首忧心如焚。几天前，他从小报上得知德军在战争中节节失利——意大利倒戈，头号战舰"霍斯特"号在挪威北角[1]全军覆没，英军连续数周空袭首都柏林。派对正式开始后，官员们紧绷的神经才稍稍缓解。他们不再刻意和元首保持距离，而是自由交谈起来。

希姆莱则是个例外。他像耗子一样小口轻咬着食物，圆圆小小的镜片下是一双谨慎、猜疑的目光。他紧紧盯着每一个人，尤其是那些和元首说话的人，似乎在担心谈话会牵扯自己。戈培尔则是戴着一副墨镜，在阳台的躺椅上享受着上萨尔茨堡的阳光。他太瘦了，皮尔特觉得，他就是一副裹着皮囊的骨架。施佩尔先生是战后

---

[1] 挪威北角是位于挪威北部的海角。地处马格尔岛北端，位于北角东南80千米处的诺尔辰角则是欧洲大陆的极北点。

柏林重建计划的设计师。他曾经带着自己的方案几次到访贝格霍夫。但这一次，贝格霍夫似乎成了他最不愿待的地方。本该轻松愉快的生日派对却气氛凝重。皮尔特发现，今天的希特勒似乎极力克制自己的情绪，他浑身发抖，就像一颗炸弹，随时可能被引爆。

皮尔特密切留意着那条盘桓于山际的道路，期盼卡塔琳娜能够早点儿到。已经到了下午4点了，卡塔琳娜却不见踪影。为了给卡塔琳娜留下一个好印象，他特意穿上了新制服，还偷偷用了肯普卡的须后水。

爱娃周旋于道贺的宾客之中，像往常一样，她习惯性地忽视皮尔特。皮尔特用他那少得可怜的零用钱买了一本《魔山》[1] 送给她，她也只是草草说了句"真棒"，便随手放在桌上，继续招呼别的客人。皮尔特心想，也许一会儿，这本书就会原封不动地被赫塔放到书架上吧。皮尔特仔细地观察着派对上的宾客，又时不时朝山下望去。突然，他看见一个拿着摄像机的女人穿梭在派对人群中。她朝一些宾客举起摄像机，采访了他们一些问题。原本滔滔不绝的宾客在摄像机面前突然变得警觉起来。他们似乎不愿意上镜，要么转过身去，要么用手遮着脸。她还时不时地拍拍贝格霍夫，或者拍拍山景。后来，她走到戈培尔和希姆莱面前，打断了两人的对话。戈培尔和希姆莱立刻停止了交谈，转过身一言不发地瞪着她。她识趣地转身离开。突然，她发现了那个独自一人站在一旁望着山脚的男孩，她朝他走了过去。

---

[1]《魔山》是诺贝尔文学奖获得者托马斯·曼的代表作。

“你该不会是想跳下去吧？”她问。

“不，当然不会。”皮尔特说，“我怎么会想跳下去？”

“我开玩笑的，”她回答，“你这身戏服不错，穿着很好看。”

“这不是戏服，”女人这话可把他惹毛了，“这可是制服！”

“逗你玩儿呢！”她说，“对了，你叫什么名字？”

“皮尔特。”他说，“那你呢？”

“莱妮。”

“你带着这个家伙到这儿来是干什么？”他指着摄像机问。

“拍电影。”

“给谁拍？”

“给想看的人拍。”

“我猜你一定嫁给了他们中的一员，对吧？”他朝着那些官员点了点头，说道。

“噢，没有。”她说，“这些人只对自己感兴趣。”

皮埃罗皱着眉。“那么，你的丈夫呢？”他问。

“我还没结婚呢。怎么，你这是要求婚吗？”

“当然不是。”

“你看起来比我小——你多大了，14？”

“15岁！”他生气地说，“还有，我没打算求婚。我只是随便问问，你想多了！”

“不过事实上，我月底就要结婚了。”

皮尔特没有理会这个女人，他转过头继续朝山下望去。

“山下有什么事情这么吸引你？”莱妮也朝山下望去，她问道，"你是在等人吗？"

"没有。"他说，"我还能等谁？该来的全都来了。"

"那么，你愿意让我拍你吗？"

他摇摇头。"我是军人，"他说，"不是演员。"

"好吧，现在的你既不是军人，也不是演员。"她说，"你只是个穿着制服的男孩。但你很英俊，你会很上镜的。"

这出乎意料的恭维让皮尔特很不适应。他吃惊地盯着面前这个女人。难道她不知道自己也是元首身边有头有脸的人物吗？他正要开口，却突然看见转弯处有辆车朝他驶来。他盯着那辆车，认出了车上坐着的人。他微微笑，重新整理了自己的仪容。

"我总算知道你在等什么了。"莱妮举着摄像机，捕捉这辆逐渐驶近的汽车的身影，"更准确地说，你是在等着某个人。"

他真想一把夺过这女人手里的摄像机，扔下上萨尔茨堡。但他克制住了。他将了将自己的夹克，确保自己仪容整洁，便走上前迎接他的宾客。

"霍尔兹曼先生，"两位从小镇上远道而来的客人一下车，他便恭恭敬敬地深鞠一躬，说道，"卡塔琳娜，你们的到来让我倍感荣幸。欢迎来到贝格霍夫。"

这天晚些时候，皮尔特意识到自己已经好一会儿没见到卡塔琳娜了。他走进屋里，却发现卡塔琳娜正注视着墙上挂着的那些画。对于霍尔兹曼先生来说，这天下午过得并不如意。他费尽心机想要和纳粹官员们交谈。但这位淳朴的乡里人并不精明，他表现得过于谄媚。皮尔特知道，这才是官员们发笑的原因。但霍尔兹曼先生在元首面前却畏首畏尾，尽可能躲得远远的。一个看似老到的中年人在一场派对上居然表现得如此幼稚，皮尔特不免心生鄙夷。

皮尔特和卡塔琳娜的交谈愈发困难。她不愿强颜欢笑，很显然，她只想离开这个地方，而且越快越好。当皮尔特将她介绍给元首时，她表现得体，却少了皮尔特期待的那般敬畏。

"所以，你是我们的青年才俊皮尔特的女朋友？"希特勒上下打量着她，略带笑意地问。

"当然不是。"她回答，"我们只是同班同学，仅此而已。"

"但你瞧瞧，他多喜欢你呀！"爱娃走了过来，掺和、打趣道，"我们从没见过皮尔特对别的女孩这样动心。"

"卡塔琳娜只是我的朋友。"皮尔特红着脸，着急地说。

"过奖了，朋友也许还不敢当。"她说着，露出了甜甜的笑容。

"啊，话虽如此，"元首说，"但我却已经看到了零星火花。相信在不久以后，火花就会燃起燎原大火。说不定，你就是未来的费舍尔夫人？"

卡塔琳娜虽然没有开口，但可以看出，她正憋着一腔怒火。元首和爱娃走后，皮尔特试图将话题转到他们在贝希特斯加登认识的一些年轻人身上。但卡塔琳娜却惜字如金，好像刻意向皮尔特隐瞒自己的真实想法。后来，他居然问她，战争进行到现在，她最喜欢哪一场战役。她简直不敢相信自己的耳朵，惊愕地瞪着他。

"死亡人数最少的那场。"她说。

这真是个令人沮丧的下午。皮尔特想方设法和卡塔琳娜搭话，但每次都碰了一鼻子灰。皮尔特心想，也许卡塔琳娜是因为人多羞怯，才不和自己说话的。但是现在，屋里就他们俩，她能稍稍放开一些吧。

"你喜欢这场派对吗？"他问。

"恐怕不是谁都喜欢这场派对吧。"她头也不回，盯着挂在墙上的那些画，冷冰冰地说。

皮尔特抬头扫了一眼这些画。"我不知道，原来你对艺术感兴趣。"他说。

"嗯，"她说，"我的确对艺术感兴趣。"

"那你一定很喜欢这些作品。"

卡塔琳娜摇摇头。"这太惊悚了。"她环顾着挂在两旁的画说道，"这些画都太惊悚了。我原以为像元首这样至高无上的人会从博物馆里选几幅别致的作品。"

皮尔特吓得睁大眼睛，指着相框右下角的画家签名。

"噢。"她突然收敛许多，也许是有些紧张，"不过，谁画的并不重要，糟糕的作品就是糟糕。"

他突然蛮横地拽着她的手臂，将她拖进自己的房里，"砰"的一声把门甩上。

"你想干什么！"她挣脱了皮尔特，问道。

"保护你。"他说，"你在贝格霍夫还这么口无遮拦，迟早会有大麻烦，你明白吗？"

"我并不知道是他画了那些画。"她两手一摊，无所谓地说。

"好吧，但现在你知道了。所以，卡塔琳娜，在想清楚说些什么之前，给我老老实实地闭嘴。还有，跟我说话别一副高高在上的样子。这个地方可不是像你这样的女孩能来的，但我今天邀请了你。你应该对我表示出起码的尊重。"

她瞪着他，尽管她已经极力克制，但眼里还是不自觉流露出恐惧。皮尔特不知道他是否该因此得意。"别用这种语气跟我说话。"她低声说。

"对不起。"皮尔特走近她说，"但那是因为我在乎你！就这么简单。我不想让你遇上任何麻烦。"

"你甚至都不了解我。"

"我们已经认识了这么多年！"

"你根本一点儿都不了解我。"

他叹了口气。"也许吧。"他说，"但请你给我一个了解你的机会。"

他身子前倾，用手指滑过她的脸颊。卡塔琳娜突然向后退了一步，靠在了墙上。

"你太美了。"他不由自主地低声说。连他自己也不敢相信，这样的话居然从他嘴里冒出来了。

"够了，皮尔特。"她转过脸说。

"为什么？"他靠得更近了，几乎已经沉浸在卡塔琳娜的香水味儿里，"我等这一天已经很久了。"他一把将卡塔琳娜的脸转到面前，俯身想要亲吻她。

"放开我！"她双手将他推开。皮尔特后退了几步，被一张椅子绊倒在地，他有些难以置信。

"你在干什么？"想不到卡塔琳娜居然会这样对他，他吃惊地问。

"不许碰我，你听见了吗？"她打开门，但没有马上离开，而是转过身看着他从地上爬起来，"想让我吻你，做梦去吧。"

他不可思议地摇着头。"难道你不知道，这对你来说是莫大的荣耀吗？"他问，"你不知道我有多重要吗？"

"当然，我当然知道。"她回答，"你是那个穿着短皮裤给元首买钢笔、墨水的小男孩。我怎么敢低估你？"

"原来你就这么看不起我！"他站了起来，咆哮着朝她走去，"我今天非让你见识见识！"他再次伸手抱住她的脸，但这次卡塔琳娜毫不留情地扇了他一个耳光。她手上的戒指把皮尔特的脸划出了血。男孩捂着脸，短促地叫了一声。他再一次朝她逼近，眼里烧起了怒火，紧紧将她按在墙上。

"你以为你是谁？"他贴着她的脸问，"你以为你可以拒绝我吗？你知不知道有多少德国女孩发了疯似的想站在你现在的位置。"

他再一次强吻了她。卡塔琳娜极力想要挣脱，但皮尔特太强壮了。他的身子紧紧贴着卡塔琳娜，她无法动弹。他感到卡塔琳娜在他的压制下已经逐渐无力反抗。用不了多久，她便会完全顺从自己。那时，他便可以肆无忌惮地做自己想做的事。脑海里有个微弱的声音提醒他赶快住手，但另一个更洪亮的声音却怂恿他继续为所欲为。

突然，有人闯了进来，一把将皮尔特推倒在地。等他反应过来，发现自己正被人压倒在地。这个坐在他身上的人拿着一把锋利的小刀抵着他的脖子。他想咽一咽口水，但又害怕刀锋割破自己的喉咙。

"如果你再敢碰那可怜的小姑娘一根汗毛，"埃玛低声说道，"我一定会割破你的喉咙，把你削成一片一片的。我才不在乎事后会怎么样。你明白吗，皮尔特？"他什么也没说，目光在女人和女孩身上来回徘徊。"说话啊，皮尔特！告诉我，你听明白了！要不然，你看我——"

"好，我明白了。"他喘着粗气低声说。埃玛站了起来，将皮尔特撂在那儿。他摸了摸自己的喉咙，看了看自己的手指，确保没有受伤。他觉得自己受尽了屈辱。他满怀恨意地看着埃玛。"你犯了个大错，埃玛。"他冷冰冰地说。

"你说得没错。"她说，"但我犯下的'错误'，和你可怜的姑妈决定把你带到这里的错误相比，也不算什么。"她低头看着他，脸上的神情突然变得柔和许多。"你到底怎么了，皮埃罗？"她问，"你刚来这儿的时候，是个多么可爱的孩子。童真就这么容易被腐化吗？"

皮尔特无言以对。他想咒骂她，想对她、对她们发泄心中所有不快。但埃玛就这么看着他，眼里满是遗憾，又夹杂着些许轻蔑。这样的眼神让皮尔特想起曾经的那个自己。卡塔琳娜哭了起来。他扭头看向别处，不想触碰上她们的目光，他想一个人静一静。

听见她们的脚步声逐渐远去，又听见卡塔琳娜告诉父亲是时候离开了，他才挣扎着站了起来。但这一次，他没有重新回到派对上，而是关上了房门。他躺在床上，有些颤抖。后来，不知怎么的，他竟哭了起来。

黑暗与光明 ①

整座房子都静悄悄、空荡荡的。

屋外，上萨尔茨堡的山林重焕了生机、郁郁葱葱的。皮尔特漫无目的地走在山路上，随意地用左右手来回扔掷那颗原本属于布隆迪的球。想不到，山上和山下竟是如此不同的两重光景——山上如此静谧，而山下的世界却被这场残忍的战争折磨了将近六年，几近崩离。直到现在，山下的人们仍然在这场毁灭性的战争中做着最后挣扎。

几个月前，他刚满 16 岁，终于换下希特勒青年团的制服，穿上了下级士兵的土灰色军装。但每次皮尔特向元首请求被派往某个陆军战营时，元首总是以公务繁忙、没空处理这种无足轻重的小事为由，将他的请求撂在一旁。他成长的大半时光都在贝格霍夫度过。那些童年时在巴黎认识的人，在皮尔特记忆中变得模糊，他已记不起他们的名字，更想不起他们的样子。

他听说了欧洲范围内的犹太人的遭遇，也终于明白为什么碧翠丝姑妈在他住进贝格霍夫后，明令禁止他提及他的朋友。他想知道安歇尔是不是还活着；有没有顺利转移到安全的地方；他们是否如约地带上了达达尼昂。

他想到自己的小狗，便一脱手将手中的球扔下山。那颗球就这样在他的眼前划过天空，最终消失在远处的山林里。

他沿着山路看去，想起初次来到这里时的那个惶恐、孤独的夜晚。碧翠丝和恩斯特从火车站把他接到了新家，一路上安抚他，让他相信山上的日子会过得无忧无虑。他想着想着，突然闭上眼睛，摇着头，好像发生的一切还有自己背叛他们的那些往事都能烟消云散了。但他很快意识到，事情没那么简单。

他背叛的还有别人。在皮尔特刚到贝格霍夫的那几年，厨子埃玛一直待他不薄。但皮尔特一直耿耿于怀于埃玛在生日派对那天给他的羞辱。他向元首告状了，他对自己的所作所为轻描淡写，却夸大了埃玛的言辞。他的目的只有一个，就是让元首相信埃玛是个叛徒。第二天，埃玛甚至还没来得及收拾行李，就被士兵带走。皮尔特不知道她会被带到哪里。她哭着被拖进了汽车，双手抱头坐在车后座上。车子开走后，皮尔特就再也没有见过埃玛。后来，安吉也走了，但那是她自己选择的。只有赫塔留了下来。

卡塔琳娜父亲经营多年的那家文具店，已经关门转让了。霍尔兹曼一家也被迫搬离了贝希特斯加登。他对一切都一无所知，直到有一天，他到贝希特斯加登时，路过那家店铺，却发现店铺窗户全都被木板封住了，前门贴着一块告示牌，上面写着这里马上要变成一家杂货铺了。他向旁边那家店的女老板询问霍尔兹曼一家搬走的原因，她漠然地看着他，摇摇头。

"你是住在山上的那个男孩吧？"她朝群山的方向抬了抬头，问道。

"是的，没错。"他回答。

"那么，你就是他们搬走的原因。"她说。

他羞愧得说不出话来，转身离开了。他后悔莫及，但却没有可以倾诉的对象。他知道他对卡塔琳娜已经造成了伤害，但他还是指望着能向她解释，跟她道歉。如果她愿意的话，他甚至希望向她倾诉自己这些年的生活、自己的所作所为和所看到的一切。也许这样，他就可以得到某种形式的原谅。

不过现在，一切都不可能了。

两个月前，元首最后一次出现在贝格霍夫。那时的他变得消瘦、憔悴，毫无从前的那般威严。曾经的极度自信、驭力之权、对自我和国家命运毫不动摇的信念，全都荡然无存。他变得偏执、易怒，总是在走廊来回踱步，嘴里念念叨叨，身子气得发抖。稍微一点儿噪声都会惹得他勃然大怒。有一次，他气得把书房里的东西全都砸烂；还有一次，皮尔特走进书房，看看元首是否有事吩咐，没想到竟然挨了几个耳光。他熬到深夜，嘴里喃喃不清地说着一些话：咒骂他的将领，咒骂英国人和美国人，咒骂每一个应该为自己的失利负责的人。他咒骂了所有人，当然，除了他自己。

他们俩甚至没有告别。一天上午，党卫军的军官们来到贝格霍夫，和元首关起门来在书房里讨论了许久。元首突然冲出书房，歇斯底里地咆哮着，愤怒地跳进车里，大吼着让肯普卡把他送走，送到哪里都行，只要能永远离开这个山顶。车子启动后，爱娃紧跟着冲了出来。她一边追着车子跑下山，一边摇摆着手臂大喊，蓝色的裙子被风掀起。就这样，爱娃的身影也消失在了山际。那便是她留给皮尔特最后的画面。

不久后，士兵们也跟着撤离了。有一天，皮尔特发现，连唯一留下的赫塔也开始收拾行李了。

"你要去哪儿？"他站在赫塔的房门前问。她扭头看了看他，耸耸肩。

"回维也纳吧。"她说，"我母亲还在那儿。至少，我觉得她应该还在那儿。当然，我并不知道还有没有去维也纳的火车。但我会想法子回去的。"

"回去以后，你怎么和你母亲解释？"

"解释什么？我不会再和别人提及这个地方的，皮尔特。你最好也不要和别人说起。趁盟军占领这里之前，快离开这里。你还年轻，别人没必要知道你的过去，也没必要知道我们曾经做过多么可怕的事。"

皮尔特觉得赫塔说的每一个字都直击他的要害，而且她是如此的深信不疑。赫塔走过他身边，他拉住了她的手臂。那一瞬间，他突然回想起九年前，那是他来到贝格霍夫的第一个夜晚，赫塔吓唬他，说要给他洗澡。

"我会得到宽恕吗，赫塔？"他用近乎耳语的声音问道，"报纸上……报纸上写的那些事……会有人宽恕我吗？"

她小心翼翼地将自己的胳膊肘从他的手里挣脱。"你真觉得在这山顶上制订的计划，我全都一无所知吗？"她说，"还有那些在元首书房里讨论的事，我真的什么都不知道吗？别妄想了，我们没资格请求原谅。"

"但我只是个孩子，"皮尔特乞求道，"我不知道，我也不理解。"

她摇摇头，用手捧着他的脸说："看着我，皮尔特。"她说，"看着我。"他抬起头，泪眼汪汪地看着她，"别再假装你不知道这里发生的一切了。你有眼睛、有耳朵，还有好几次你就坐在那间屋子里，帮他们做记录。你都听见、都看见了，怎么还能说自己什么都不知道呢？你要对你的所作所为负责。"她犹豫了一会儿，但最终还是决定开口，"你身上背负了几条人命，你的良心是会受到谴责的。但你只有16岁，你还年轻，你还有时间好好忏悔这些罪过。不要假装自己一无所知。"她松开皮尔特说，"伪装无知才是最大的罪过。"

赫塔说完，便拎起箱子走出房门。阳光透过树林洒进屋子，照着她逐渐远去的背影。

"你要怎么下山？"他朝她大喊，不想让赫塔就这样丢下自己，"这里已经没有别人了，也没有车子能把你送下山。"

"我可以走下去。"她说完，头也不回地转身离开。就这样，她消失在皮尔特的视线里。

当地的派报员们还在给贝格霍夫送报纸，因为他们担心万一元首回来，发现没有报纸，会迁怒于他们。还有些人对胜利心存幻想，但大多数人都已经准备面对现实了。皮尔特在贝希特斯加登听说元首和爱娃搬进了柏林的一个秘密地堡里，正和纳粹党最重要的成员们密谋如何东山再起，如何以一个更强的姿态，带着必胜的方案回归。同样，有的人信了，而有的人只是一笑了之。但报纸还是持续跟进着。

最后一批士兵准备离开贝希特斯加登时，皮尔特追了上去，茫然地询问他现在应该做些什么，应该到哪里去。

"你不是穿着制服吗？"一个军官上下打量着皮尔特，说道，"怎么不跟我们一起走啊？"

"皮尔特这小子扛不起枪，"他的副官说，"穿制服就像在玩过家家。"

说着，两人朝他大笑起来。皮尔特看着他们乘车远去的背影，只觉得自己颜面扫地。

这个曾经穿着短裤被带到山上的男孩，最后一次走上贝格霍夫。

他茫然地待在房子里，却不知该何去何从。他从报纸中得知盟军已经占领了首都，他想，也许用不了多久，敌军就会来到贝格霍夫。月末的那几天，一架英式兰开斯特轰炸机从贝格霍夫的上空飞过，在上萨尔茨堡周边投下两颗炸弹。炸弹没有击中贝格霍夫，但炸起的碎石几乎将这座屋子的玻璃砸烂。皮尔特藏在元首的书房里，炸弹激起的气流将他震倒在地。周围的玻璃被炸碎，无数细小的碎片划破他的脸庞，他惊叫起来。当飞机的声音渐渐远去，他才稍稍放心。他站起来，小心翼翼地走进浴室。他看到了镜中那个沾满鲜血的自己。他花了一整个下午，将脸上的玻璃碎片尽可能清理干净。尽管如此，他仍然担心会就此留下无法抹去的疤痕。

5月2日，派报员最后一次给贝格霍夫送报纸。首页的大标题已经将他想知道的一切说得清清楚楚。元首死了。戈培尔，这个骷髅般枯槁又可怕的男人毒杀了自己的孩子后，和妻子一起自杀了。爱娃吞下氰化钾，希特勒饮弹自尽。最糟糕的是，为了确保氰化钾奏效，元首先用爱娃做了实验。他不想留爱娃一个人痛苦地在地上打滚，然后被敌军逮捕。他想让她迅速了结。

他让布隆迪也吃下一颗氰化钾胶囊。毒药马上奏效，布隆迪顷刻间毙命。

读报纸时，皮尔特几乎不为所动。他站在贝格霍夫外，看着四周的风景。他朝贝希特斯加登望去，又朝慕尼黑的方向望去。他想起自己在火车上第一次遇到希特勒青年团成员时的场景。终于，他朝着巴黎的方向望去。那是他出生的地方，也是一座他极力想要撇清关系的城市。他意识到自己不再是法国人，也不是德国人。他什么都不是。他无家可归、无亲无故。他，活该一无所有。

皮尔特甚至不确定自己能否一直在上萨尔茨堡生活下去。他想藏在山林里，就像古时候隐居的修道士一样，以采集打猎为生。也许这样，他就可以不再面对世人。让他们在山下随心所欲地生活吧。他们要打就打，要杀就杀，仿佛世上一切都与他无关。这样一来，他不必再开口，也不必费心解释。没人会看着他的眼睛，也没人会记得他的所作所为，更没人会记得他曾经是谁。

仅就那天下午而言，这似乎是一个绝佳的点子。

然而，几天后，盟军来了。

　　那是 5 月 4 日的下午，皮尔特正在铺满碎石的车道上捡石子和废弃的易拉罐。上萨尔茨堡的寂静被山脚下逐渐传来的低沉声音打破。声音越靠越近，皮尔特放眼望去，看见一队穿着美国军服的士兵正在上山，朝他走来。

　　他想过逃进山林里，但再一想，此时的逃离已经毫无意义了，况且，他已经无处可逃了。皮尔特别无选择，只能等待他们的到来。

　　他走进屋子，坐在客厅里。随着他们的脚步声越来越近，皮尔特开始害怕起来。他朝走廊跑去，想找个藏身之处。于是，他躲在转角处的一个狭小的橱柜里。这个橱柜正好能容得下他。他爬进去，关紧门。他发现头顶上挂着一串细绳，一拉这串绳子，橱柜里的灯就会打开，灯光能照亮整个橱柜。橱柜里只有几把破簸箕和几条旧毛巾。突然，他感觉有东西戳着自己的背。他伸手将这个突兀的东西翻了出来。他惊讶地发现，原来那是一本书。他把书翻了过来，看见封面上的标题——《埃米尔和侦探们》。他又拉了拉那根细绳，再次将自己掩埋在黑暗之中。

　　那些低沉的声音在屋子里回响。士兵们走进房间，皮尔特听见他们的鞋靴踩在木地板上发出"咯吱咯吱"的声音。他们用皮尔特听不懂的语言交流着。他们走进他的卧室，走进元首的房间、女佣们的房间，还有碧翠丝姑妈曾经的房间。当他们随心所欲地进出贝格霍夫的每个角落，他们尽情地笑着，愉快地欢呼着。皮尔特听见瓶子被开启的声音，还听见软木塞"嘭"的一声弹出的声音。紧接着，他听见有两个人正沿着走廊朝他走去。

"这里面装着什么？"其中一名士兵操着一口美式德语说道。皮尔特还没来得及拉紧柜门，橱柜就被打开。刺眼的阳光打在他的脸上，他几乎睁不开眼睛。

士兵们大喊一声，皮尔特听见他们拔枪上膛的声音。他们举着枪对着皮尔特，这回轮到他大叫起来。不一会儿，四个、六个、十个、十二个……一整支队伍的士兵们都围了过来，拔枪对准了这个藏在黑暗中的男孩。

"别伤害我！"皮尔特大喊着，他蜷缩起来，双手抱头，恨不得找个地缝钻进去，这样他便能在黑暗中消失得无影无踪，"求求你们，别伤害我！"

他还没来得及多说一句话，就被几双手从黑暗中拽了出来，重新暴露在光明之下。

尾声

终于，他朝着巴黎的方向望去。那是他出生的地方，也是一座他极力想要撇清关系的城市。他意识到自己不再是法国人，也不是德国人。他什么都不是。

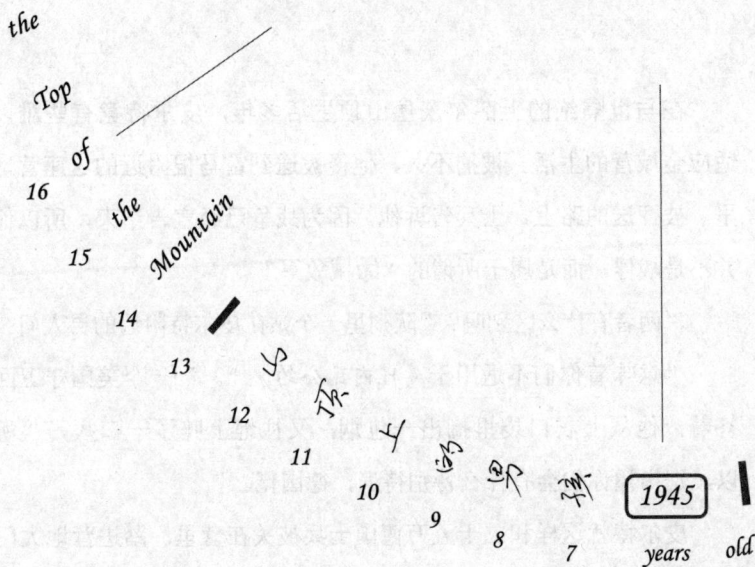

The Boy at the Top of the Mountain

16

15

14

13

12

11

10

9

8

7

1945

years old

无家可归的男孩 ①

　　在与世隔绝的上萨尔茨堡山顶生活多年，皮尔特竟有些难以适应金域营的生活。被捕不久，他便被送到雷马根附近的这座营地里。被押送的路上，士兵告诉他，因为战争已经宣告结束，所以他并不是战俘，而是属于所谓的"缴械敌军"。

　　"两者有什么区别吗？"队列里一个站在皮尔特附近的男人问。

　　"意味着你们不适用于《日内瓦公约》[1]。"一个美国守卫回答着，他从上衣口袋里掏出一包烟，又往地上啐了一口痰，"所以，别指望你们会有什么特别待遇，德国佬。"

　　皮尔特就这样和二十五万德国士兵被关在营里。踏进营地大门的那瞬间，他做了一个决定——不再和任何人说话，而是假装成聋哑人，他用能回忆起的那点儿手语和人交流。这场伪装非常奏效，

----

[1]《日内瓦公约》是 1864 年至 1949 年在瑞士日内瓦缔结的关于保护平民和战争受难者的一系列国际公约的总称。

很快，人们甚至连看都不看他一眼，更别说找他说话了。他就像不存在一样。不过，这正是皮尔特想要的结果。

皮尔特所住的这片区域大约有一千多人，从名义上高人一等的国防军军官，到比他还小的希特勒青年团成员。不过，那些年纪太小的成员没关几天便被释放了。他住的那栋营房大概管着两百多人。但营房却只有不到五十张床。大部分夜晚，皮尔特会在靠墙的地方找到一小块空地，然后把夹克卷起当作枕头，期待能睡上几个小时。

他们当中的一些士兵，特别是军衔较高的那些会被提出来审问，以查明他们在战争中犯下的罪行。在贝格霍夫被捕的皮尔特也几度被审问。但他还是继续装聋作哑，只是在笔记本上写下他是如何离开巴黎，如何被自己的姑妈照顾的故事。当局换了好几位军官轮流审问他，想从他的故事中找出一些破绽。但他说的都是事实，军官们也无法从鸡蛋里挑出骨头来。

"那你的姑妈呢？"一位士兵问他，"她发生了什么？你被发现的时候，她不在贝格霍夫吗？"

皮尔特握起笔，试着稳住他那只颤抖的手。她死了，他终于写了下来。他把本子递给那位士兵，却刻意避开了他的目光。

营地时不时爆发几场争斗。一些男人因为战败而痛苦，另一些人对此却无动于衷。一天夜里，一个男人开始公然抨击纳粹党，毫无保留地表现出对元首的漠视。这个男人戴着灰色的羊毛船形帽，皮尔特知道他曾经是德国空军的一员。突然，一个国防军军官走了出来，扇了那男人一个耳光。大骂他是叛徒，还说就是因为有他这种人，德军才会战败。他们扭作一团，拳打脚踢，在地上厮打了将近十分钟。如此残忍的场面却让其他人都兴奋不已，他们围成一圈，尽情地呼喊着，似乎把这场打斗当作金域营无聊生活的消遣。最终军官输给了空军，这一结果把营房划分为两个阵营。虽然打斗分出了胜负，但两人都伤痕累累。第二天，这两个人都消失了，皮尔特再也没有见过他们。

一天下午，皮尔特经过厨房时，发现那里没有士兵看守。他悄悄潜了进去，偷了一块面包，藏在衬衣里偷偷运回营房。那一整天，他都在偷偷地小口咬着那块面包。他的胃"咕咕"直叫，但与其说他是因为饿，不如说他是因为这块"天上掉下的馅儿饼"乐得直叫。但他才吃到一半，一个比他年长一些的中尉就发现了他的秘密，把面包抢走了。皮尔特想反抗，但这个男人对他而言太强壮了。终于，皮尔特放弃了反抗。他像一只囚禁在笼子里的动物，一旦发现了更强壮的挑衅者，便会乖乖退回角落。于是，他把那些不切实际的想法完全抛在脑后。他现在只想放空自己。没错，放空自己，还有，忘掉一切。

有时候，一些英文报刊会在营房里流传。懂点儿英文的人会给大家翻译，告诉营房的人们国家投降后的近况。皮尔特听说建筑师阿尔伯特·施佩尔被送进监狱；莱妮·里芬施塔尔，就是爱娃生日那天在贝格霍夫摄像的那个女人，声称自己对纳粹的所作所为一无所知，但还是先后被关押在法国和美国拘留营里。在曼海姆车站踩皮埃罗手指，后来吊着骨折的右手到贝格霍夫接管一整座集中营的中校，已经被盟军逮捕了，并且他毫无怨言地听候处置。至于那位计划在所谓的"利益区"里设计营地的比绍夫先生，皮尔特却没有听说过他的消息。但他听说奥斯维辛集中营、贝尔根·贝尔森集中营、达豪集中营、布痕瓦尔德集中营和拉文斯布吕克集中营都已经被解放。东到克罗地亚的亚塞诺瓦茨，北至挪威的贝利亚托，南到塞尔维亚的塞米斯托，被关押在集中营里的犹太人都被释放"回家"了。但他们早已经家破人亡，失去了自己的父母、长辈、兄弟姐妹，还有孩子。集中营的个中细节逐渐向世人揭开，皮尔特专注地听着。但当他试着去理解这件自己也参与其中的罪行，现实有多残酷，他就有多麻木。这些夜里，他常常失眠。每当辗转反侧无法入睡时，他就会盯着天花板，在心里默念：我难辞其咎。

后来有一天，他被释放了。那天上午，大约五百个男人聚集到院子里，被告知他们可以回家和亲人团聚了。这些男人一个个目瞪口呆，生怕自己落入盟军的某种圈套里。他们提心吊胆地朝着大门走去，走到离营地一两英里远的地方，回头确认真的没有人跟踪他们。他们才逐渐放下心来。与此同时，他们面面相觑，突然从多年的军旅生涯中解放，他们竟有些不知所措。此刻，他们心里想的是，现在，我们应该干什么呢？

接下来这些年，皮尔特四处游历，他目睹了战争在城市和人们心中留下的伤痕。他从雷马根北上，在那里他看见了皇家空军炸得面目全非的科隆。他所到之处，没有一栋完好的建筑，街道也已经无法通行了，只有一座大教堂在经历了几番空袭之后，还伫立在城市的中心。他从科隆西行前往安特卫普，在一座繁忙而巨大的海港临时找了份工作。他还在那里找到了栖身之处，是一座能够俯瞰斯凯尔特河的小阁楼。

他甚至还交了个朋友。这对他来说真是件稀罕事儿，因为大部分造船厂的工人都觉得他是个不合群的怪人。他的这位朋友，名叫丹尼尔，与他年纪相仿，而且他们一样很孤独。即便是在炎炎夏日，其他人都赤裸着上身，丹尼尔还是穿着他那件长袖衬衣。其他人对着丹尼尔打趣道，这么含羞，可就找不到女朋友喽！

丹尼尔和皮尔特有时会一起吃晚餐，或者一起喝喝小酒。但丹尼尔从来不提他在战争时期的生活，皮尔特同样也是如此。

有一次，他们在酒吧待到深夜。丹尼尔告诉皮尔特，那天本应该是他父母结婚三十周年纪念日。

"什么叫本应该是？"皮尔特问。

"他们都去世了。"丹尼尔平静地回答。

"对不起。"

"我的妹妹，也去世了。"丹尼尔开始向皮尔特吐露心事，他用手指轻轻搓着桌面上一个不太明显的标志，"还有我哥哥，他也不在了。"

皮尔特什么也没说，但他已经猜到了为什么丹尼尔总是穿着长袖，而且不愿意脱下衬衣。他知道，在那衬衣底下，一定有许多伤疤。不管丹尼尔有多不想活在那段痛苦回忆里，只要他一低头，这一道道伤疤就会让他想起从前那些可怕的经历。

第二天，皮尔特向老板递交了辞呈。他没有和丹尼尔告别，便只身一人离开了安特卫普。

他坐着火车北上来到阿姆斯特丹。他在那里度过了接下来的六年。接受了教师的职业培训后，他彻底换了个职业，在火车站旁的一所学校里谋到了一份教职。他从未提起自己的过去，几乎不在职场之外交任何朋友。大部分时候，他都独自一人待在屋子里。

某个周日下午，皮尔特到韦斯特公园闲逛。一位街头艺人正在树荫下拉着小提琴。他停了下来欣赏。这美妙的琴声把他带回了巴黎的童年时光——那真是段无忧无虑的日子，那时爸爸还会带着他到杜伊勒里公园玩耍。人群不知不觉地聚集在演奏者周围。那位街头艺人停下来，给琴弓上了松香。

这时，一个年轻的女人走上前去，在他倒过来的帽子里扔了一些硬币。女人一转身，朝皮尔特的方向扫了一眼。他们四目相对，那瞬间，他感到胃里一阵绞痛。尽管已经多年未见，他还是立刻认出了她。显然，她也没有忘记他。上一次见面时，她哭着跑出他在贝格霍夫的卧室。在埃玛闯进去将他推到在地之前，她衬衣的肩部已经被他撕破了。她若无其事地朝他走去，眼里没有任何恐惧。她站在他面前，看起来比年少时他脑海里的模样更美了。她目不转睛地看着他，仅仅只是看着他，好像任何话语都是多余。终于，他无法忍受这样的目光，羞愧地低下头。他希望她就这样走开，但她并没有。她牢牢地站在原地。当他鼓起勇气再次抬起头，她的脸上却露出极其鄙夷的表情。他真想找个地洞钻进去。于是，他一言不发地转身离开，径直回到家中。

那个周末，他向学校递交了辞呈。他知道，他逃避多年的那个时刻，终于要来了。

是时候，回家了。

　　回到法国，皮尔特第一个拜访的地方是奥尔良的孤儿院。但到那儿时，孤儿院却只剩下残垣断壁。法国被德军占领期间，纳粹接管了孤儿院。就这样，它变成了德国人的指挥中心。孤儿们也因此流落四方。当战争的结局明了时，纳粹便弃楼而逃。离开前，他们试图炸毁这栋建筑。好在这栋房子的墙壁非常结实，因而没有完全倒塌。但重建花费不菲，所以直到现在还没人站出来重建这座孤儿院。曾经，它就像避风港一样，护佑了无数无依无靠的孩子。

　　他走进杜兰德姐妹的办公室，就是在那里，他第一次见到姐妹俩。皮尔特试图找到那个玻璃橱柜，他记得橱柜里放着她们弟弟的勋章。但橱柜却和姐妹俩一样，消失了。

　　他在战争档案部得知一个意外的消息——那个在孤儿院曾经欺负他的雨果，在战争中光荣牺牲了。虽然那时他只是个少年，但他从未屈服于敌军，还完成了几个危险的任务，救了一些同胞的命。一次，一位德国将军来访，雨果接到命令，要在孤儿院旁埋下一枚炸弹。就是在执行这次任务时，他被敌军发现了。被捕后，他和其他被捕的法国人靠墙站成一排。据说，当士兵们举着枪瞄准他时，他拒绝蒙上双眼。他想直视刽子手的眼睛，直到他倒下的那一刻。

　　他查不到乔瑟特的踪迹。他突然意识到，还有一个在战争中失去联络的孩子，他的命运自己也浑然不知。

　　最后，他回到了巴黎。当晚，他就给一位住在莱比锡的女士写了封信。他详细描述了那一年平安夜他所做的一切。他在信中写道，当时他只是个孩子，他深知自己无法请求原谅，但希望她能明白，自己永远会为此事忏悔。

后来，他收到恩斯特姐姐简短而客气的回复。她在信中说，她曾经因为自己的弟弟成为伟大的阿道夫·希特勒的私人司机而感到无比自豪。在她看来，企图刺杀元首的行为是她光荣的家族史上无法抹去的污点。

你做了任何一个爱国者该做的事，她写道。皮尔特吃惊地看着这封信，突然意识到尽管时过境迁，而有的人的想法却永远不会改变。

几周后的一天下午，皮尔特在蒙马特区闲逛。他在一家书店前，停了下来。看着窗内的陈列，他发觉自己已经好多年没有读过小说了。最后一次读的小说，还是那本《埃米尔和侦探们》。但真正吸引他走进店里的，是一个熟悉的名字。他从书架上取下那本书，然后翻到书的封底，看了看作者的照片。

这本小说是安歇尔·布朗斯坦写的，就是那个孩童时期住在他家楼下的男孩。他记得安歇尔一直想成为一名作家。这样看来，安歇尔已经梦想成真了。

他买下这本书，连续读了两个晚上。然后，他找到出版商的办公室。他告诉他，自己是安歇尔的一个老朋友，现在很想联系他。出版商把安歇尔的地址告诉了皮尔特，并且提醒他，安歇尔每天下午都会在布朗斯坦太太的旧居里写作。也许在那里，他能够找到安歇尔。

那座公寓并不远，但皮尔特走得很慢。一路上，他的心情十分忐忑，甚至对即将到来的这次重逢感到不安。他不知道安歇尔是否还会再听他说自己的人生故事，不知道他是否能够容忍这样的事，但他觉得自己必须试试。毕竟，当初是他先停止给安歇尔回信的，也是他告诉安歇尔,往后别再给他写信,从此他们不再是朋友的。他敲了敲门,他甚至不确定安歇尔是否还会记得他。

　　当然,我立马认出了他。

　　通常,在我工作时,我并不喜欢有人来访。写小说并不轻松,它需要投入时间和耐心。有时,短暂的分心都会导致那一整天的工作前功尽弃。那天下午,我正构思一个非常重要的场景。那阵敲门声着实让我恼火,但我立马就认出了这个站在我门前的男人。他注视着我,身子有些发抖。似水流年在我们身上留下了不可磨灭的痕迹,但即使世事多变、沧海桑田,我总能认出他。

　　皮埃罗,我用手指比画出一只善良、忠诚的小狗。这是我年幼时给他取的代号。

　　安歇尔,他比画出一只狐狸的标志回复我。

　　我们就这样站着,互相注视着对方。似乎过了很久,我才把门打开,退后了几步,将他请进屋。他坐在我的书桌前,环顾着墙上挂着的照片。其中有一张是我母亲的照片。纳粹把整条街的犹太人抓起来时,她已经将我藏好。我最后一次见到她,她和我的许多邻居一起,被绑进一辆大卡车里。墙上还挂着达达尼昂的照片,那是他的狗,也是我的狗。那一天,它勇敢地攻击那个想要逮捕我母亲的纳粹士兵,却因此被击毙。那里还挂着一户人家的合影。就是这户人家收留了我,将我藏好。尽管我给他们添了不少麻烦,但他们仍然视我为己出。

　　他沉默了许久,我决定等待他平复心情。终于,他开口了。他说,他有个故事想要讲给我听。那是关于一个男孩的故事,他原本心性纯良、彬彬有礼，最后却被权力腐蚀了内心。他犯下了一生都要背负的罪责，他伤害了那些爱他的人，甚至害死了那些曾经有恩于他的人。他已经不配再拥有自己的名字，因而他必须用毕生的时间来偿还。

他还有关于一个男人的故事，这个男人想尽办法为自己的行为赎罪。他永远记得那个叫作赫塔的女佣对他说的话——永远不要假装自己对这些罪行一无所知，伪装无知才是最大的罪过。

你还记得小时候那些事吗？他问我。那时，我有一些故事，却无法变成白纸黑字。我有思路，但只有你才能找到合适的言辞。你说，这些虽然是你写的，但却是我的故事。

我记得，我说。

你觉得，我们还能够再当一回孩子吗？

我摇摇头，笑了起来。时过境迁，我告诉他。当然，你还是可以告诉我离开巴黎后，你经历了什么。到时候，我会把它们都写下来。

"一言难尽，"皮埃罗告诉我，"你听了一定会鄙视我，甚至你还可能想杀了我。但我还是要告诉你。故事说完后，听凭你处置。你可以把它写下来，或者把它统统忘掉。如果，你认为忘掉，会更好的话。"

我回到桌前，把原本还在构思的小说放在一旁。毕竟，比起眼前这件事来，那些都是小事。等我听他把话说完，随时都可以再回到那部小说的创作中去。

于是，我从橱柜里拿出一支钢笔和一个新本子，回到书桌前。我坐在老朋友身边，用手语——这个我仅会的语言——比画了短短五个字。我相信他一看就会明白。

我们开始吧。

致　谢

　　我创作的每一本小说，都离不开世界各地的朋友的建议和支持。在他们的帮助下，我的作品才能得以修改和完善。非常感谢我的经纪人，西蒙·特里温、埃里克·西蒙诺夫、安娜玛丽·布鲁门海根，以及莫理斯奋进娱乐公司（William Morris Endeavor, WME）的所有同人。还要感谢英国兰登儿童出版社的编辑安妮·伊顿和娜塔莉·多尔蒂，美国亨利·霍尔特出版社的劳拉·古德温，以及加拿大兰登书屋的编辑克里斯汀·科克伦、玛莎·伦纳德和他们出色的团队。感谢在全世界范围内出版我作品的编辑们。谢谢你们！

　　还要感谢我的爱人，同时也是我最好的朋友——科恩。

　　这部作品的最后一部分于2014年秋天完成。当时我正在母校——位于英格兰诺里奇的东英吉利大学——教文学硕士们创意写作。在此，我衷心感谢这些文坛的明日之星，是他们让我重新想起当作家是多么美妙的一件事，他们还启发我用不同的方式来思考小说的创作。他们是：安娜·普克、比克拉姆·夏尔马、埃玛·米勒、格雷厄姆·勒什、莫莉·莫里斯、罗文·怀特塞德、塔蒂亚娜·施特劳斯和扎基娅·乌丁。